# 이준기와 함께하는
# 안녕하세요 한국어

跟李準基一起學習 "你好！韓國語"

# 2

## 說明

* 本書中的符號N代表名詞，A代表形容詞，V代表動詞。

* 聽CD就能聆聽演員李準基的原聲。

* 附錄部分有每課語法活用練習、會話練習和聽力練習的標準答案。

* 本書中的發音標記參照了《韓國語文手冊》（國立國語院）中的標準發音方法。韓國語部分單詞的實際發音
  和書中的發音標記稍有不同，大家要聽CD掌握準確的發音。

* CD中，除了「詞彙及表達」部分，其他部分的內容各讀兩遍。第一遍以正常說話的語速閱讀；第二遍以適合
  學習者程度的稍慢的語速閱讀，這時大家可以出聲跟讀。

* 為了使學習者馬上就能找到自己想聽的內容，在CD中標記了錄音的章節，同時在書中有錄音的地方標記了
  CD，這樣更方便讀者使用CD。

* CD中的Appendix(mp3) 每課課文和「跟李準基聊天」對話的錄音，便於學習者單獨學習這兩部分的內容。

跟李準基一起學習
"你好! 韓國語"

이준기와 함께하는
# 안녕하세요
# 한국어

## 2

| 劉素瑛 編著 |

# 저자의 말 序言

　　因受韓流影響對韓國產生好奇而開始學習韓國語的人在不斷增加。事實上，如果問來韓國大學學習韓國語的學生「為什麼學習韓國語」，那麼會有很多學生回答「因為喜歡李準基」、「因為喜歡東方神起」。

　　因此，我希望能編寫可以和韓流明星一起學習韓國語的書。李準基先生就實現了我的這一願望。

　　二○一○年出版的《跟李準基一起學習"你好！韓國語"1》受到了讀者的熱烈歡迎。除了在韓國的外國人和留學生，通過網絡、電視、臉書（facebook）、微博等，世界各地到處都有使用這本書學習韓國語的人。不僅在日本、中國等亞洲國家，在歐洲、中東、美洲、非洲等地也有學習者對這本書進行咨詢，並通過學習這本書提出了更好的建議。來自烏干達的一位年輕人說：「如果我回到烏干達成為一名韓國語老師，就一定會用這本書講課。」這表明他非常喜歡這本書。在此、對支持和喜歡這本書的所有人表示感謝。

　　很多國外的大學、韓國語教育機構等選用這本書作為韓國語教材，也表示這本書作為一本「韓國語學習書」受到了廣大學習者的認同，對此我感到很高興。這所有的一切都讓人覺得很神奇，同時也讓我覺得肩上的責任更重了。

　　第一冊是針對初級入門學習者的「基礎韓國語書」；第二冊更注重韓國語表達和句型的學習，從而可以使學習者在日常生活中更自然地使用韓國語。充分練習本書中的對話等，然後把學到的表達、句型等應用到日常生活中，那麼大家的韓國語會話能力就會得到更快的提高。因此，在第二冊中用「練習」代替了第一冊中的「Special（表示『進一步學習』、『補充』的意思）」部分。最好能和學習韓國語的朋友一起像在真正對話一樣出聲練習。

　　自己喜歡的明星和我的學生能一起在教室裡使用本書上課，我真的覺得很幸福。希望大家也能擁有和我一樣的感受。

　　祝大家生活幸福！

劉素瑛

二○一三年一月

# 이준기의 말 李準基的表白

　　大家對《跟李準基一起學習"你好！韓國語"2》期待已久了吧？二〇一〇年第一冊出版後，我馬上就去了軍隊服兵役，因此第二冊的出版讓大家久等了。在大家的關愛下，我順利地服完了兵役，現在重新回到了大家的身邊。這段時間大家的韓國語能力提高了很多嗎？那就讓我來測試一下大家吧。

　　即使在我服兵役期間，也有很多人在使用《跟李準基一起學習"你好！韓國語"》學習韓國語，對此我真的很感動。聽到有些人懷著「到退役之前一直與我同在」的心情在努力學習韓國語，我心裡頓時湧起一陣陣暖流。

　　第一冊就像是送給大家的一份「意外的禮物」，我是懷著輕鬆愉快的心情參與進來的。但是對於第二冊的製作，我卻覺得有些負擔。因為雖然與第一冊相比，韓國語學習會變得越來越難，但是大家努力學習的熱情也完完全全感染了我。

　　很多人從國外花昂貴的郵費購買這本書學習韓國語，我在此對他們表示感謝。為了能回報一丁點兒大家的熱情，我認真地參與了第二冊的製作。在繁忙的工作間隙，我像韓國語老師那樣看著錄音文稿反覆練習了很多遍。

　　韓國語作為一門外語，入門很容易。但是真要學好韓國語絕不是那麼容易的事情。在大家感到疲倦的每個瞬間，希望因為我和大家在一起，而給大家帶來一絲樂趣和短暫的休憩。在第二冊中出現了新的朋友，他們代表了在遙遠的中東地區、法國、英國等各個地區學習韓國語的人。希望這些朋友能通過本書增加對韓國和韓國語的興趣。

　　我會拍更好的電視劇和電影作品來答謝大家。希望大家繼續支持我！

李準基
二〇一三年一月

# 이 책의 구성 本書的結構

## 對話部分

第一冊會話是專門為韓國語入門者編寫的基礎韓國語會話；第二冊會話的重點在於使學習者能在日常生活中更自然地使用韓國語表達。邊聽CD邊像在真正對話似的出聲反覆閱讀，大家不知不覺間就能脫口而出韓國語表達。背誦會話內容也是學好韓國語的一個方法。

## 詞彙及表達

第一冊收錄了各單元要學習的詞彙；第二冊不僅收錄了要學到的新詞彙，而且還收錄了相關詞彙以及適合放在一起學習的詞彙。特別是，第二冊收錄了很多日常生活中經常使用的詞彙及表達，因此通過學習本書，大家的韓國語實力一定會更上一層樓。

## 語法

第二冊的語法要比第一冊的更難，因此在第二冊中，除了語法說明外，作者還在實際使用時添加了可以幫助學習者理解語法的說明。因為這部分詳細整理了句型的構成方法，所以如果充分利用語法說明後面的「活用練習」，大家就能更容易地掌握韓國語語法。對於需要與其他表達進行比較的語法或者需要進行整理的語法，本書使用了可以讓學習者一目瞭然的表格形式。

## 會話練習

第一冊是讓學習者開口說話的基礎會話練習；第二冊是以讓學習者在日常生活中脫口而出各種常用韓國語表達為重點的會話練習。因此，大家一定要認真做會話練習的例題。最後面是讓學習者造句的部分。還沒想好造什麼句子的學習者可以仿照以文字或圖片形式給出的例子來造句子。

## 聽力練習

第一冊側重於「聽準確」；第二冊側重於邊聽邊思考、邊聽邊行動等實用方面。即使一開始覺得很困難，也要反覆聽、反覆練習，這樣就能更快地學好韓國語。學好外語並不是一天就能完成的事情，而是需要學習者堅持不懈地進行練習。這樣大家就會在某一天發現自己的實力突然增長了。

## 跟李準基聊天

第一冊是單純地進行複習；第二冊是結合寫信、做自我介紹、做採訪等內容進行會話練習。與第一冊相比，第二冊的對話內容更多、更難，但是如果熟練掌握了對話中的表達，大家就能更自然地使用韓國語進行對話。在這部分大家能聽到服兵役歸來後更具男性魅力的李準基的原聲。通過例句，大家也能感受到與李準基同在的些許樂趣。

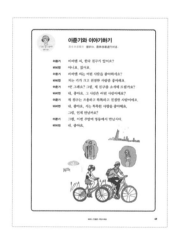

## 練習

這部分在各種情景下練習日常生活中經常使用的表達。大家跟學習韓國語的朋友一起做練習吧。韓國語老師也可以在教室裡和學生一起進行練習。

## 稍等！李準基的城市介紹

第一冊是李準基介紹首爾的各個地方；第二冊是李準基介紹韓國代表城市舉行的慶典和活動。韓國舉行哪些慶典和活動呢？大家和李準基一起去有趣的活動現場看看吧。

# 이 책의 장점 本書的優點

**1. 不受時空限制，大家可以隨時隨地使用本書輕鬆地學習韓國語。**

　　本書作為一本可以用來自學的韓國語教材，包括詳細的說明和各種練習等。大家可以隨時隨地使用本書輕鬆地學習韓國語。另外，本書包括各種活動，也可以用於老師的課堂教學。

**2. 是一本可以通過活用各種感官來愉快地學習韓國語的書。**

　　最快掌握外語的方法是活用各種感官進行學習，即進行聽說讀寫等方面的練習。本書中有韓流明星李準基的原聲，有漂亮的插圖和讓人一目瞭然的表格，還有各種表達、句型練習及與朋友面談、寫信等內容，讓學習者可以更愉快地學習韓國語。

**3. 本書是作者多年實踐經驗的總結，也是韓國語學習者各種心聲的體現。**

　　作者總結自己多年來教外國人韓國語的實踐經驗編寫了本書，使學習者可以非常輕鬆地學會令人感到稍有難度的韓國語語法及表達等。另外，隨著第一冊的出版，世界各國的韓國語學習者提出了各種有助於輕鬆愉快地學習韓國語的建議，這些建議在本書中都有所體現。

**4. 通過本書可以和韓流明星李準基一起學習新奇而有趣的韓國語。**

　　跟韓流明星李準基進行有趣的對話，聽著李準基充滿魅力的原聲，大家可以愉快地學習韓國語。中文繁體版特別獨家整理每課課後李準基的鼓勵原文及翻譯，讓讀者不只學韓文，更能夠從偶像的聲音中得到持續學習的力量。

# 등장인물 登場人物

최지영

이준기

리리

| 崔志英 | 李準基 | 麗麗 |
|---|---|---|
| 韓國 | 韓國 | 中國 |
| 21歲 | 30歲 | 24歲 |
| 大學生 | 電影演員 | 報社記者 |

비비엔

퍼디

스테파니

| 維維安 | 玻蒂 | 史蒂芬妮 |
|---|---|---|
| 德國 | 菲律賓 | 澳洲 |
| 20歲 | 23歲 | 23歲 |
| 交換學生 | 大學生 | 公司職員 |

벤슨

하즈키

요나단

| 貝森 | 葉月 | 喬納森 |
|---|---|---|
| 貝森 | 日本 | 美國 |
| 25歲 | 21歲 | 24歲 |
| 足球運動員 | 大學生 | 音樂家 |

앙리

아마니

준이치

| 亨利 | 哈馬尼 | 潤一 |
|---|---|---|
| 法國 | 沙烏地阿拉伯 | 日本 |
| 28歲 | 27歲 | 25歲 |
| 畫家 | 設計師 | 航空公司職員 |

Contents

# 차례 目錄

# 학습구성표 學習內容結構表

| | 題目 | 情景 |
|---|---|---|
| 1 | 우리 어머니랑 아버지예요<br>我的媽媽和爸爸 | 介紹家人 |
| 2 | 예쁘고 친절한 사람이에요<br>既美麗又親切的人 | 談論印象 |
| 3 | 방학을 하면 뭐 할 거예요?<br>放假打算做什麼？ | 談論未來的計劃 |
| 4 | 선생님이 되고 싶어요<br>我想成為老師 | 談論將來的希望 |
| 5 | 교보문고가 어디예요?<br>教保文庫在哪裡？ | 問路（步行） |
| 6 | 아저씨, 인사동으로 가 주세요<br>大叔，我想去仁寺洞 | 乘坐計程車 |
| 7 | 여보세요, 거기 퍼디 씨 댁이지요?<br>喂，請問是玻蒂家吧？ | 打電話（說事情） |
| 8 | 머리가 아프고 기침이 나요<br>頭疼，還咳嗽 | 去醫院 |
| 9 | 미안하지만, 못 가요 不好意思，我去不了 | 拒絕 |
| 10 | 노란 원피스를 입고 있는 사람이에요<br>是穿著黃色連身洋裝的人 | 談論穿著 |
| 11 | 날씨가 추워졌어요<br>天氣變冷了 | 表達變化 |
| 12 | 매운 음식을 먹을 수 있어요?<br>能吃辣的食物嗎？ | 表達能力 |

| 語法 | 詞彙及表達 | 發音規則 |
|---|---|---|
| N 명/ N 사람/ N 분<br>N(이)랑 N<br>N께서, N께서는 | 家人，職業 | 響音的鼻音化 |
| N을/를 좋아하다/싫어하다<br>무슨 N, 어떤 N<br>A-(으)ㄴ/는 N | 性格，外貌，喜好 | 「ㅎ」的脱落 |
| A/V-(으)면<br>V-(으)ㄹ 거예요 | 休閒活動，感受 | 緊音化 |
| N(이)군요! A-군요!<br>V-는군요!<br>N이/가 되다<br>V-고 싶다, V-고 싶어 하다 | 將來的希望，職業 | 連讀法則 |
| V-다가<br>N(으)로, N쯤 | 街道，路，位置 | 緊音化 |
| V-아/어 주세요<br>V-(으)ㄹ 테니까<br>N 안에 | 運行，交通狀況 | 「ㅎ」的脱落 |
| N의 N,<br>N(이)지요? A/V-지요?<br>N인데, V-는데, A-(으)ㄴ데 | 電話，休閒活動，文化 | 響音的鼻音化 |
| V-아/어도 되다<br>V-(으)면 안 되다 | 醫院名字，疾病名，<br>症狀，藥的種類，身體部位 | 送氣音化 |
| V-(으)러 가다/오다, A/V-아/어서 | 運動，藉口，理由 | 腭音化 |
| V-고 있다<br>V-는 N | 顏色，衣服的種類<br>飾品，表穿戴的動詞 | 「의」的發音 |
| A-아/어지다<br>N1보다 N2<br>A/V-(으)ㄹ 때, A/V-았/었을 때 | 場所，變化 | 緊音化 |
| V-(으)ㄹ 수 있다/없다<br>못/안 V-아/어요 | 食物，味道，能力 | 緊音化 |

# 우리 어머니랑 아버지예요

我的媽媽和爸爸

01

學習目標

情景

介紹家人

詞彙

家人，職業

語法

N 명/ N 사람/ N 분
N (이)랑 N
N께서, N께서는

| | |
|---|---|
| **최지영** | 요나단 씨, 가족이 몇 명이세요? |
| **요나단** | 우리 가족은 모두 여섯 명이에요. |
| | 할아버지와 할머니가 계시고, 어머니와 아버지가 계세요. |
| | 그리고 동생이 하나 있어요. |
| **최지영** | 아버지는 무엇을 하세요? |
| **요나단** | 우리 아버지는 의사예요. 병원에서 일하세요. |
| **최지영** | 동생은 뭐 해요? |
| **요나단** | 제 동생은 대학생이에요. 마인츠대학교에 다녀요. |

# 어휘와 표현

## 01 가족
家人

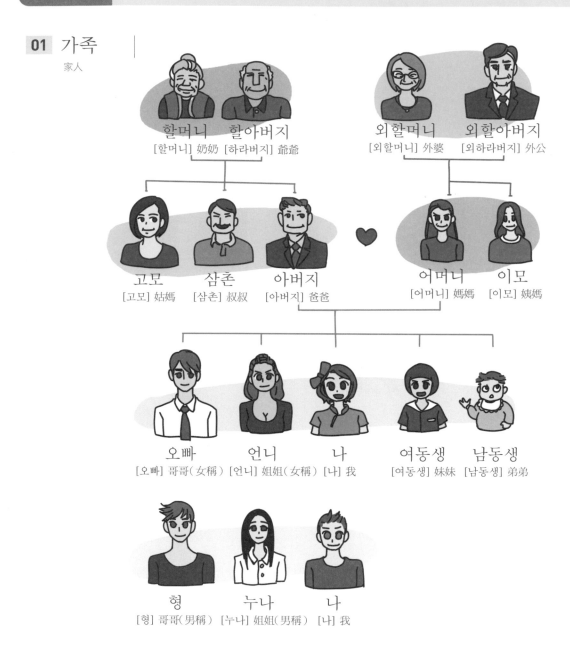

| | |
|---|---|
| 할머니 [할머니] 奶奶 | 할아버지 [하라버지] 爺爺 |
| 외할머니 [외할머니] 外婆 | 외할아버지 [외하라버지] 外公 |

고모 [고모] 姑媽　삼촌 [삼촌] 叔叔　아버지 [아버지] 爸爸

어머니 [어머니] 媽媽　이모 [이모] 姨媽

오빠 [오빠] 哥哥(女稱)　언니 [언니] 姐姐(女稱)　나 [나] 我　여동생 [여동생] 妹妹　남동생 [남동생] 弟弟

형 [형] 哥哥(男稱)　누나 [누나] 姐姐(男稱)　나 [나] 我

형제 [형제] 兄弟　　자매 [자매] 姐妹　　남매 [남매] 兄妹

딸 [딸] 女兒　　아들 [아들] 兒子

**02 직업 1**
職業 1

유치원생 [유치원생] 幼兒園學生　　*초등학생 [초등학쌩] 小學生

*중학생 [중학쌩] 初中生　　*고등학생 [고등학쌩] 高中生

*대학생 [대 : 학쌩] 大學生　　*대학원생 [대 : 하권생] 研究生

경찰관 [경찰관] 警察　　소방관 [소방관] 消防員

스튜어디스 [스튜어디쓰] 空中小姐　　우체부 [우체부] 郵差

*「학생」中「ㅎ」的實際發音介於「ㅎ」和「ㅇ」之間。

**03 동사**
動詞

하다 [하다] 做　　있다 [읻따] 在

계시다 [계시다/게시다] 在(敬語)　　일하다 [이라다] 工作

다니다 [다니다] 上(班/學)

**04 기타**
其他

몇 명 [면명] 幾個人　　모두 [모두] 總共

마인츠 대학교 [마인츠대학꾜] 美因茲大學(德國)

---

**장애음의 비음화** 響音的鼻音化

收音「ㅂ」、「ㄷ」、「ㄱ」後面與以輔音「ㅁ」、「ㄴ」開頭的音節連用時，要發音為「ㅁ」、「ㄴ」、「ㅇ」。

發音規則

몇 명 ⇒ [면명]

ㄷ (ㅅ,ㅆ,ㅈ,ㅊ,ㅌ,ㅎ) ＋ ㅁ,ㄴ ⇒ ㄴ ＋ ㅁ,ㄴ

**다섯 명** [다선명] **여섯 명** [여선명] **일곱 명** [일곰명] **아홉 명** [아홈명]

## N 명, N 사람, N 분 　01

**情景**　「有很多朋友，要如何數有多少個人呢？」這時應該說「한 명, 두 명, 세 명……」或者「한 사람, 두 사람, 세 사람……」和「한 분, 두 분, 세 분……」。

**說明**　「N 명」、「N 사람」、「N 분」用於數人的時候。「N 명」和「N 사람」用於朋友之間；「N 분」用於公共場合，表示尊敬的語氣。

■ 몇 명？ 幾名？

| 1 | 2 | 3 | 4 | 5 | 6 |
|---|---|---|---|---|---|
| 한 명 | 두 명 | 세 명 | 네 명 | 다섯 명 | 여섯 명 |

| 7 | 8 | 9 | 10 | 11 | 12 |
|---|---|---|---|---|---|
| 일곱 명 | 여덟 명 | 아홉 명 | 열 명 | 열한 명 | 열두 명 |

■ 몇 사람？ 幾個人？

| 1 | 2 | 3 | 4 | 5 | 6 |
|---|---|---|---|---|---|
| 한 사람 | 두 사람 | 세 사람 | 네 사람 | 다섯 사람 | 여섯 사람 |

| 7 | 8 | 9 | 10 | 11 | 12 |
|---|---|---|---|---|---|
| 일곱 사람 | 여덟 사람 | 아홉 사람 | 열 사람 | 열한 사람 | 열두 사람 |

■ 몇 분? 幾位？

| 1 | 2 | 3 | 4 | 5 | 6 |
|---|---|---|---|---|---|
| 한 분 | 두 분 | 세 분 | 네 분 | 다섯 분 | 여섯 분 |

| 7 | 8 | 9 | 10 | 11 | 12 |
|---|---|---|---|---|---|
| 일곱 분 | 여덟 분 | 아홉 분 | 열 분 | 열한 분 | 열두 분 |

# N(이)랑 N

02

**情景**　「維維安在，玻蒂在，這兩個人同時在。」這時應該說「비비엔이랑 퍼디가 있어요.」。

비비엔이랑 퍼디

**說明**　「N(이)랑 N」用於連接兩個不同的名詞，和「N 그리고 N」的意思相同。「사과랑 바나나(蘋果和香蕉)」和「사과, 그리고 바나나(蘋果，還有香蕉)」表示相同的意思。與第一冊學過的「N하고 N」相比，「N(이)랑 N」給人更親近的感覺。

책상 위에 커피랑 바나나가 있어요.

저기에 비비엔이랑 퍼디가 와요.

주말에 명동이랑 인사동에 가요.

:: **N(이)랑 N** 連接方法

末音節有收音的名詞後面使用「N이랑 N」；末音節沒有收音的名詞後面使用「N랑」。

**有收音時+이랑:** 비빔밥/불고기→비빔밥이랑 불고기

**沒有收音時+랑:** 사과/바나나→사과랑 바나나

---

# N께서/N께서는 　　 **03**

**情景** 「爺爺在做什麼？爺爺在看報紙。」這時應該說「할아버지께서 뭐 하세요?」、「할아버지께서 신문을 읽으세요.」「媽媽在打掃衛生。」這時應該說「어머니께서는 청소하세요.」。

할아버지가
뭐 하세요?

할아버지께서
신문을 읽으세요.

**說明** 「N께서」和「N께서는」是敬語形式，用於長輩、上級等需要尊敬的對象，像「할아버지(爺爺)」、「할머니(奶奶)」、「아버지(父親)」、「어머니(母親)」、「선생님(老師)」等。

아버지께서 뭐 하세요?

---

선생님께서 영화를 보세요.

---

어머니께서는 요리하세요.

---

:: **N께서/N께서는** 連接方法

「N께서」是助詞「N이/가」的敬語形式;「N께서는」是「N은/는」的敬語形式。

**有收音時＋께서/께서는:** 할아버지→ 할아버지께서, 할아버지께서는

**沒有收音時＋께서/께서는:** 선생님→ 선생님께서, 선생님께서는

## 활용 연습 活用練習

請在空格處填寫適當的內容。

| 原型 | N(이)랑 |
|---|---|
| 바나나/사과 | 바나나랑 사과 |
| 빵/우유 | 빵이랑 우유 |
| 학교/도서관 | |
| 선생님/학생 | |

| 原型 | N께서 | N께서는 |
|---|---|---|
| 외할아버지 | 외할아버지께서 | 외할아버지께서는 |
| 외할머니 | | |
| 삼촌 | | |
| 고모 | | |

**01** 모두 몇 명이에요?

스테파니 가족
3명

가 스테파니 씨, 가족이 몇 명이에요?
나 우리 가족은 모두 세 명이에요.

리리 가족
5명

가 리리 씨, 가족이 몇 명이에요?
나 우리 가족은 모두 _____이에요.

퍼디 가족
6명

가 _____?
나 _____.

비비엔 가족
12명

가 _____?
나 _____.

만들어 보세요.

~가족
7명
9명/4명
...

가 _____?
나 _____.

## 02 모두 몇 분이세요?

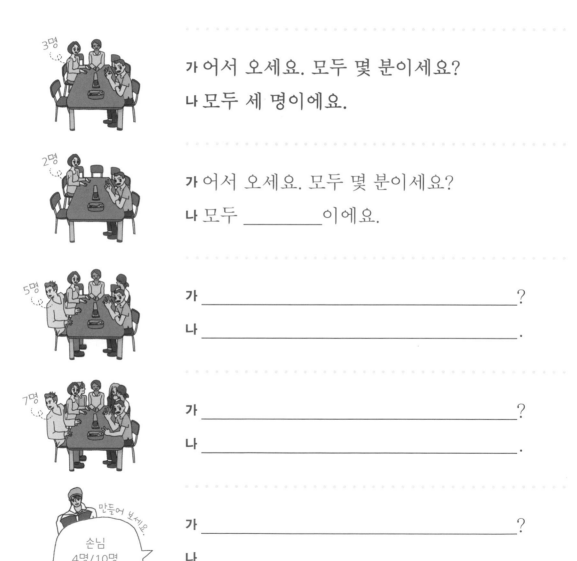

가 어서 오세요. 모두 몇 분이세요?
나 모두 세 명이에요.

가 어서 오세요. 모두 몇 분이세요?
나 모두 _____이에요.

가 _____?
나 _____.

가 _____?
나 _____.

가 _____?
나 _____.

만들어 보세요.
손님
4명/10명
8명
…

## 03 우리 아버지랑 어머니예요.

우리
아버지/어머니

가 스테파니 씨, 이 사람들은 누구예요?
나 우리 아버지랑 어머니예요.

지갑/휴대폰

가 스테파니 씨, 이것은 뭐예요?
나 지갑이랑 휴대폰이에요.

하즈키/요나단

가 _____ , _____?
나 _____ .

컴퓨터/책

가 _____ , _____?
나 _____ .

만들어 보세요.
여동생/남동생
커피/케이크
비빔밥/냉면
...

가 _____?
나 _____ .

## 04 할아버지께서는 무엇을 하세요?

할아버지/우체부

가 할아버지께서는 무엇을 하세요?
나 할아버지는 우체부예요. 우체국에서 일하세요.

형/회사원
삼성

가 형은 뭐 해요?
나 형은 회사원이에요. 삼성에서 일해요.

어머니/요리사
레스토랑

가 _____?
나 _____.

누나/스튜어디스
호주항공

가 _____?
나 _____.

만들어 보세요.
아버지/의사
병원
이모/선생님
한국중학교
...

가 _____?
나 _____.

## 듣기 연습 聽力練習

請仔細聽CD，然後回答問題。

**문제** 다음 그림에서 스테파니 씨 가족들의 직업을 찾아 연결하세요.

아버지      어머니      스테파니      남동생

요리사   우체부   의사   경찰관   대학생   중학생

CD로 들어 보세요

# 이준기와 이야기하기

跟李準基聊天　請仔細聽錄音，跟李準基進行對話。

**이준기**　안녕하세요? 이것은 우리 가족사진이에요.
　　　　우리 가족은 모두 다섯 명이에요.
　　　　할아버지가 계시고, 아버지와 어머니가 계세요.
　　　　그리고 여동생이 하나 있어요.
　　　　우리 할아버지는 우체부예요.
　　　　우리 아버지는 의사예요. 병원에서 일하세요.
　　　　우리 어머니는 요리사예요. 레스토랑에서 일하세요.
　　　　여동생은 고등학생이에요. 한국고등학교에 다녀요.
　　　　그리고 저는 영화배우예요.

**하즈키**　안녕하세요? 이것은 우리 가족사진이에요.
　　　　우리 가족은 모두 세 명이에요.
　　　　아버지, 어머니가 계시고 그리고 저예요.
　　　　우리 아버지는 우체부예요. 우체국에서 일하세요.
　　　　우리 어머니는 선생님이에요. 학교에서 일하세요.
　　　　그리고 저는 대학생이에요. 한국내학교에 다녀요.

## 연습해 보기 練習

請在下面的空白處貼上你的全家福照片，
然後介紹一下你的家人。

全家福照片

이것은 우리 가족사진이에요.

七百多棟韓屋呈現出古色古香的風景
全州韓屋村

　　韓屋是指韓國的傳統房屋。

　　前往全州豐南洞，可以看到由七百多棟韓屋組成的韓屋村。注視著鱗次櫛比古色古香的瓦片屋頂，我的內心會莫名地感到平靜與愜意。這就是韓國傳統房屋的美好與浪漫所在。

　　進入韓屋村，雖然傳統酒博物館、工藝品展示館也會吸引你的目光，可是賣古董的老爺爺的樣子也會讓你饒有興致。不知從什麼地方傳來了包含鳥叫聲、溪水聲的音樂，這時如果隨便去一家茶館喝上一杯茶，那麼你的身心會感受到前所未有的愉悅。

　　如果你看過電影《約定》，就一定不要錯過美麗的殿洞教堂。但是一說到全州，就肯定會提到把各種蔬菜和紅色的辣椒醬拌在一起吃的全州拌飯。

瓦片屋頂鱗次櫛比的韓屋村古色古香的全景。

電影《約定》中出現過的
「殿洞教堂」。

함께
떠나요！

# 예쁘고 친절한 사람이에요

既美麗又親切的人

**學習目標**

情景
談論印象

詞彙
性格, 外貌, 喜好

語法
N을/를
좋아하다/싫어하다
무슨 N, 어떤 N
A-(으)ㄴ/는 N

CD로 들어 보세요

| 리 리 | 이준기 씨, 여자 친구가 있어요? |
|---|---|
| **이준기** | 아니요, 없어요. |
| 리 리 | 이준기 씨는 어떤 사람을 좋아하세요? |
| **이준기** | 저는 재미있는 사람을 좋아해요. |
| 리 리 | 아! 그래요? 그럼, 제 친구를 소개해 드릴까요? |
| **이준기** | 네, 좋아요. 그 사람은 어떤 사람이에요? |
| 리 리 | 얼굴이 예쁘고 친절한 사람이에요. |
| **이준기** | 네, 좋아요. 그럼, 언제 만날까요? |
| 리 리 | 내일 오후 2시에 학교 앞 카페에서 만납시다. |

## 2-1 어휘와 표현

### 01 성격
性格

| | |
|---|---|
| 친절하다[친절하다] 親切 | 불친절하다[불친절하다] 不親切 |
| 착하다[차카다] 善良 | 못되다[몯 : 뙤다] 不怎麼樣 |
| 말이 많다[마리만타] 話多 | 말이 없다[마리업따] 沉默不語 |
| 시끄럽다[시끄럽따] 眛噪 | 조용하다[조용하다] 文靜・安靜 |
| 상냥하다[상냥하다] 和藹 | 무뚝뚝하다[무뚝뚜카다] 生硬 |
| 재미있다[재미읻따] 風趣 | 재미없다[재미업따] 無趣 |
| 머리가 좋다[머리가조타] 頭腦好 | 머리가 나쁘다[머리가나쁘다] 笨拙 |
| 똑똑하다[똑또카다] 聰明 | |

### 02 외모
外貌

| | |
|---|---|
| 예쁘다[예쁘다] 美麗 | 귀엽다[귀엽따] 可愛 |
| 키가 크다[키가크다] 個子高 | 키가 작다[키가작따] 個子矮 |
| 뚱뚱하다[뚱뚱하다] 胖 | 날씬하다[날씬하다] 苗條 |
| 잘생기다[잘생기다] 長得好看 | 못생기다[몯 : 쌩기다] 長得難看 |
| 멋있다[머딛따/머싣따] 帥 | 얼굴이 둥글다[얼구리둥글다] 臉圓 |

### 03 계절
季節

| | |
|---|---|
| 봄[봄] 春天 | 여름[여름] 夏天 |
| 가을[가을] 秋天 | 겨울[겨울] 冬天 |

### 04 과일
水果

| | |
|---|---|
| 멜론[멜론] 哈密瓜 | 파인애플[파이내플] 鳳梨 |
| 포도[포도] 葡萄 | 복숭아[복쑹아] 桃 |
| 귤[귤] 橘子 | 감[감] 柿子 |

CD로 들어 보세요

詞彙及表達

| 05 | 음식 食物 | 된장찌개 [된장찌개] 大醬湯 | *떡 [떡] 年糕，米糕 |
|---|---|---|---|
| | | 치킨 [치킨] 炸雞 | 감자탕 [감자탕] 馬鈴薯湯 |
| | | 스파게티 [스파게티] 義大利麵 | 피자 [피자] 披薩 |
| | | 탕수육 [탕수육] 糖醋肉 | 돈가스 [동까스] 炸豬排 |

*年糕是用大米做成的食物。在韓國，小孩兒過週歲生日、父母過六十大壽、舉行祭祀等時，一定有的食物就是年糕。最近，很多人用年糕來代替正餐或把年糕當零食食用。同時，也有很多人在生日時做年糕蛋糕食用。

| 06 | 기타 其他 | 어떤 사람 [어떤사람] 怎樣的人 |
|---|---|---|
| | | 여자(남자) 친구 [여자칭구/남자칭구] 女（男）朋友 |
| | | 소개하다 [소개하다] 介紹 |
| | | 소개해 드릴까요? [소개해드릴까요] 介紹給你好嗎？（敬語） |
| | | 아! 그래요? [아그래요] 啊，是嗎？ |
| | | 카페 [카페] 咖啡館 |

---

**「ㅎ」탈락** 「ㅎ」的脫落

收音「ㅎ」後面和以「ㅇ」開頭的音節連用時不發音。

좋아요 ⇒ [조아요]

ㅎ + ㅇ ⇒ ∅ + ㅇ

**좋아하세요**[조:아하세요] **좋은**[조:은] **많아요**[마:나요] **많은**[마:는]

發音規則

예쁘고 친절한 사람이에요

35

N을/를 좋아하다/싫어하다　**01**

**情景**「我喜歡下雪、滑雪。我喜歡冬天。」這時應該說「저는 겨울을 좋아해요!」。「我討厭炎熱、下雨的天氣。我討厭夏天。」這時應該說「저는 여름을 싫어해요!」。

**說明**「N을/를 좋아하다」和「N을/를 싫어하다」用於表示人們喜歡或討厭「음식(食物)」、「운동(運動)」、「과일(水果)」、「계절(季節)」等的時候。相當於中文的「喜歡/討厭⋯⋯」。

저는 커피를 좋아해요.

저는 여름을 좋아해요.

저는 운동을 싫어해요.

:: **N을/를 좋아하다, N을/를 싫어하다** 連接方法

末音節有收音的名詞後面使用「N을 좋아하다/싫어하다」；末音節沒有收音的名詞後面使用「N를 좋아하다/싫어하다」。

**有收音時+을 좋아하다/싫어하다** : 겨울→겨울을 좋아해요/싫어해요.

**沒有收音時+를 좋아하다/싫어하다** : 바나나→바나나를 좋아해요/싫어해요.

# 무슨 N/어떤 N

02

**情景** 「這是水果，但是不知道這種水果的名字。」這時應該說「무슨 과일이에요?」。「有水果，這種水果是蘋果，但是不知道這種水果好不好吃以及是甜的還是酸的。」這時應該說「어떤 과일이에요?」。

**說明** 「무슨」用於詢問事物的種類和名稱的時候；「어떤」用於詢問人或事物的性質、種類的時候。那麼，「무슨 N」和「어떤 N」後面應該使用什麼樣的名詞呢？這裡應該使用代表哪一類事物的名詞，像代表「사과(蘋果)」、「바나나(香蕉)」、「딸기(草莓)」、「파인애플(鳳梨)」的「과일(水果)」和代表「카푸치노(卡布奇諾)」、「아메리카노(美式咖啡)」、「카페라떼(拿鐵)」的「커피(咖啡)」等。

이것은 무슨 과일이에요? 바나나예요.

이것은 무슨 운동이에요? 수영이에요.

이것은 어떤 과일이에요? 달고 맛있는 과일이에요.

슈퍼맨은 어떤 영화예요? 재미있는 영화예요.

:: **무슨 N/어떤 N** 連接方法

末音節有收音和沒有收音的名詞前面都使用「무슨 N/어떤 N」。

有收音時：무슨 과일 (사과, 바나나, 딸기…….)

　　　　어떤 과일 (맛있다, 맛없다, 시다…….)

沒有收音時：무슨 영화 (왕의 남자, 슈퍼맨, 괴물, 국가대표…….)

　　　　　어떤 영화 (슬픈, 무서운, 재미있는…….)

## A-(으)ㄴ/는 N

**03**

情景　「有卡布奇諾，那種咖啡很好喝。」這時應該說「카푸치노는 맛있는 커피예요.」。「有一個叫麗麗的朋友，她很漂亮。」這時應該說「리리 씨는 예쁜 사람이에요.」。也就是說，表示「卡布奇諾現在很好喝」、「麗麗現在很漂亮」的意思。

說明　「A-(으)ㄴ/는N」表示名詞現在的樣子或狀態。在韓語中，需要根據詞幹末音節有無收音使用不同的形式。那麼下面來看一下韓語中形容詞的不同連接方法吧！

저는 밝은 방을 좋아해요.

저는 키가 큰 사람을 좋아해요.

저는 달고 맛있는 복숭아를 좋아해요.

:: A-(으)ㄴ/는 N 連接方法

詞幹末音節有收音的形容詞後面使用「A-은N」；詞幹末音節沒有收音的形容詞後面使用「A-ㄴN」。

**有收音時+은N:** 많다/사람→ 많다+은 사람→ 많은 사람

**沒有收音時+ㄴN:** 예쁘다/사람: 예쁘다+ㄴ 사람→ 예쁜 사람

**收音是「ㄹ」時→ㄹ+ㄴN:** 달다/사과 → 달다+ㄴ 사과→ 단 사과

**收音是「ㅂ」時→ㅂ우+ㄴN:** 덥다/날씨→ 덥다+운(우+ㄴ) 날씨→ 더운 날씨

**以「있다/없다」結尾時+는N:** 맛있다/사과→ 맛있다+는 사과→ 맛있는 사과

## 활용 연습 活用練習

請在空格處填寫適當的內容。

| 原型 | A-(으)ㄴ/는 N | 原型 | A-(으)ㄴ/는 N |
|------|------|------|------|
| 시다/레몬 | 신 레몬 | 밝다/방 | |
| 차갑다/녹차 | | 예쁘다/여자 | |
| 달다/초콜릿 | | 많다/사람 | |
| 힘들다/운동 | | 친절하다/선생님 | |
| 재미있다/영화 | | 귀엽다/동생 | 귀여운 동생 |
| 착하다/여자 친구 | | 무뚝뚝하다/남자 친구 | |
| 작다/가방 | | 춥다/날씨 | |
| 시끄럽다/장소 | | 맑다/눈 | |

**회화 연습**

**01** 무슨 운동을 좋아하세요?

가 리리 씨, 무슨 운동을 좋아하세요?
나 저는 스키를 좋아해요.

가 리리 씨, 무슨 _____을/를 좋아하세요?
나 저는 _____을/를 좋아해요.

가 _____ , _____?
나 _____.

가 _____ , _____?
나 _____.

가 _____ , _____?
나 _____.

돈가스

가 _____ , _____?

나 _____.

만들어 보세요.

무슨 운동
태권도/배구

무슨 과일
사과/딸기
…

가 _____?

나 _____.

예

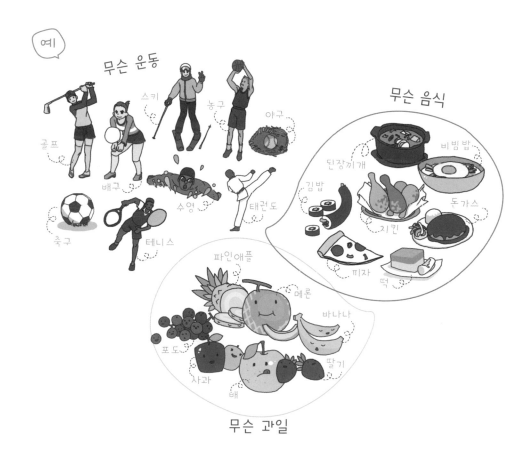

무슨 운동

골프
배구
스키
농구
야구
축구
수영
태권도
테니스

무슨 음식

된장찌개
김밥
비빔밥
돈가스
치킨
피자
떡

무슨 과일

파인애플
메론
바나나
포도
사과
배
딸기

**02** 슈퍼맨은 재미있는 영화예요.

슈퍼맨, 영화
재미있다

가 슈퍼맨은 어떤 영화예요?
나 슈퍼맨은 재미있는 영화예요.

사과, 과일
달다

가 _____은/는 어떤 _____이에요?
나 _____ 과일이에요.

수영, 운동
힘들다

가 _____?
나 _____.

떡볶이, 음식
맵다

가 _____?
나 _____.

만들어 보세요.
어떤 N
불고기/음식
비싸다
왕의 남자/영화
슬프다
…

가 _____?
나 _____.

## 03 아마니 씨는 어떤 사람이에요?

가 아마니 씨는 어떤 사람이에요?
나 날씬하고 예쁜 사람이에요.

가 비비엔 씨는 _____?
나 _____ 사람이에요.

가 스테파니 씨는 _____?
나 _____.

가 리리 씨는 _____?
나 _____.

가 _____?
나 _____.

# 듣기 연습 聽力練習

請仔細聽CD，然後回答問題。

**문제** 준이치와 리리의 모습을 그려 보세요.

준이치                                        리리

CD로 들어 보세요

# 이준기와 이야기하기

跟李準基聊天　請仔細聽錄音，跟李準基進行對話。

| | |
|---|---|
| **이준기** | 비비엔 씨, 한국 친구가 있어요? |
| **비비엔** | 아니요, 없어요. |
| **이준기** | 비비엔 씨는 어떤 사람을 좋아하세요? |
| **비비엔** | 저는 키가 크고 친절한 사람을 좋아해요. |
| **이준기** | 아! 그래요? 그럼, 제 친구를 소개해 드릴까요? |
| **비비엔** | 네, 좋아요. 그 사람은 어떤 사람이에요? |
| **이준기** | 제 친구는 조용하고 똑똑하고 친절한 사람이에요. |
| **비비엔** | 네, 좋아요. 저는 똑똑한 사람을 좋아해요. |
| | 그럼, 언제 만날까요? |
| **이준기** | 그럼, 이번 주말에 명동에서 만납시다. |
| **비비엔** | 네, 좋아요. |

# 연습해 보기 練習

請根據下面的圖片進行問答練習。
最好和學習韓國語的朋友一起練習。

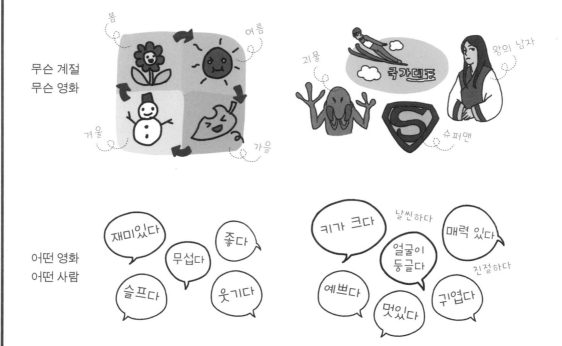

무슨 계절
무슨 영화

봄
여름
왕의 남자
괴물
국가대표
슈퍼맨
겨울
가을

어떤 영화
어떤 사람

재미있다
무섭다
좋다
슬프다
웃기다

키가 크다
날씬하다
얼굴이 둥글다
매력 있다
친절하다
예쁘다
멋있다
귀엽다

| 질문 \ 친구 | 1) 리리 | 2) | 3) |
|---|---|---|---|
| 무슨 계절/무슨 영화 | 봄/왕의 남자 | | |
| 어떤 영화/어떤 사람 | 재미있다/귀엽다 | | |

리리 씨는 영화 *〈왕의 남자〉를 좋아하고, 봄을 좋아해요.
〈왕의 남자〉는 재미있는 영화예요.
그리고 하즈키 씨는 귀여운 여자예요.

*《王的男人》是李準基主演的一部電影，在韓國突破了千萬票房。

## 藝術家心目中最美的村莊
## 坡州 HEYRI 藝術村

　　駛過開闊的自由路進入坡州，就可以看到韓國藝術家的搖籃——HEYRI。這裡被稱為文化藝術家之村。只因為有這麼一個地方，我就莫名地湧上一股滿足感，就如同英國人因為莎士比亞、披頭四、哈利波特而在文化方面感到自豪。HEYRI 這個名字取自京畿道坡州地區流傳的民間童謠「HEYRI 聲音」。這裡是藝術家心目中最美的村莊，是藝術實現自己夢想的地方。那藝術家的夢想是什麼呢？是安於現狀呢，還是埋頭創作優秀的作品呢？

　　街道處處可以看到美麗的建築和小物品，這裡幾乎天天舉行演出和作品展示會。灑滿陽光的午後走在街道上，你就會感受到日常生活中的些許愜意與幸福。希望生活在這裡的同時代藝術家們的渴望與熱情永遠流傳下去！

韓國藝術家的搖籃「HEYRI 藝術村」的一景。

幾乎每天都有演出和作品展示會。

함께
떠나요!

# 방학을 하면 뭐 할 거예요? 放假打算做什麼？

CD로 들어 보세요

| | |
|---|---|
| **아마니** | 앙리 씨, 방학을 하면 뭐 할 거예요? |
| **앙 리** | 저는 방학을 하면 프랑스에 갈 거예요. |
| | 아마니 씨는 방학을 하면 뭐 할 거예요? |
| **아마니** | 저는 방학을 하면 아무것도 안 할 거예요. |
| **앙 리** | 어! 아마니 씨는 여행 안 갈 거예요? |
| **아마니** | 네, 그냥 집에서 푹 쉴 거예요. |
| | 앙리 씨, 프랑스에서 예쁜 선물 사 오세요. |
| **앙 리** | 네, 아마니 씨도 잘 지내세요. 다음 학기에 만나요. |

# 어휘와 표현

## 01 여가
休閒活動

방학을 하다[방하글하다] 放假

사진을 찍다[사지늘찍따] 照相　　쉬다[쉬다] 休息

늦잠을 자다[늗짜믈자다] 睡懶覺　등산을 하다[등사늘하다] 爬山

야구장에 가다[야구장에가다] 去棒球場

콘서트에 가다[콘서트에가다] 去演唱會

*가야금을 배우다[가야그믈배우다] 學習伽倻琴

휴지를 줍다[휴지를줍따] 撿廢紙

김치를 담그다[김치를담그다] 醃泡菜　설거지를 하다[설거지를하다] 洗碗

책상을 정리하다[책쌍을정리하다] 整理書桌

침대에 눕다[침대에눕따] 躺在床上

*伽倻琴是韓國的一種傳統彈撥樂器，有十二弦伽倻琴和二十五弦伽倻琴。

## 02 동사
動詞

돌아오다[도라오다] 回來　　　취직하다[취지카다] 就業，找工作

만나다[만나다] 見面，遇到　　배우다[배우다] 學習

끝나다[끈나다] 結束，完成　　일등을 하다[일뜽을하다] 得第一名

## 03 형용사
形容詞

바쁘다[바쁘다] 忙　　　　　　돈이 많다[도니만타] 錢多

멀다[멀다] 遠　　　　　　　　가깝다[가깝따] 近

춥다[춥따] 冷　　　　　　　　덥다[덥따] 熱

기분이 좋다[기부니조타] 心情好　기분이 나쁘다[기부니나쁘다] 心情不好

부럽다[부럽따] 羨慕　　　　　무섭다[무섭따] 可怕

시간이 있다[시가니읻따] 有時間　시간이 없다[시가니업따] 沒有時間

## 04 기타
其他

방학[방학] 放假，假期

아무도[아무도] 任何人

그냥[그냥] 就那樣

못[몯] 不能，沒能

아주[아주] 非常，很

부모님[부모님] 父母

눈싸움[눈 : 싸움] 打雪仗

하지만[하지만] 但是

아무것도[아무걷또] 任何東西

한 번도[함번도] 一次也

푹[푹] 酣(睡)，充分(休息)

선물[섬물] 禮物

소문[소문] 消息，傳聞

눈사람[눈 : 싸람] 雪人

드림[드림] 奉上，呈給

그래서[그래서] 因此

---

**경음화** 緊音化

動詞和形容詞的活用形「(으)ㄹ」後面的第一個輔音「ㄱ」、「ㄷ」、「ㅂ」、「ㅅ」、「ㅈ」要發音為「ㄲ」、「ㄸ」、「ㅃ」、「ㅆ」、「ㅉ」。

**發音規則**

$$할거예요 \Rightarrow [할꺼예요]$$
$$(으)ㄹ+ㄱ \Rightarrow (으)ㄹ+ㄲ$$

**볼게**[볼께]　**먹을 거예요**[머글꺼예요]　**볼수록**[볼쑤록]　**볼 줄 알다**[볼쭐알다]

## A/V-(으)면 ⑩⓵

情景 「下週放假，那麼去旅遊吧。」這時應該說「다음 주에 방학을 하면 여행을 가요.」。「見朋友，那麼去看電影吧。」這時應該說「친구를 만나면 영화를 봐요.」。

說明 「A/V-(으)면」表示在明天、這週、明年等將來的某個時間「如果……就」的意思。不能用來表示昨天做過的事情和現在正在做的事情。

졸업을 하면 뭐 해요?
_____

방학을 하면 여행을 가요.
_____

친구를 만나면 영화를 봐요.
_____

집에 가면 청소해요.
_____

:: **A/V-(으)면** 連接方法

音詞幹末音節有收音的動詞和形容詞後面使用「A/V-으면」; 詞幹末音節沒有收音或詞幹末音節的收音是「ㄹ」的動詞和形容詞後面使用「A/V-면」。

有收音時+**으면**：먹다 → 먹다+으면 → 먹으면

沒有收音時+**면**：만나다 → 만나다+면 → 만나면

收音是「ㄹ」時+**면**：만들다 → 만들다+면 → 만들면

收音是「ㄷ」時→ㄹ+**으면**：듣다 → 듣다+ㄹ으면 → 들으면

收音是「ㅂ」時→**우+면**：줍다 → 줍다+우면 → 주우면

## 활용 연습 1 活用練習 1

請在空格處填寫適當的內容。

| 原型 | A/V-(으)면 | 原型 | A/V-(으)면 |
| --- | --- | --- | --- |
| 방학을 하다 | 방학을 하면 | 바쁘다 | 바쁘면 |
| 시험이 끝나다 | | 돈이 많다 | |
| 친구를 만나다 | | 책상을 정리하다 | |
| 책을 읽다 | | 시간이 있다 | |
| 케이크를 만들다 | | 날씨가 덥다 | |
| 소문을 듣다 | | 기분이 좋다 | |
| 기분이 나쁘다 | | 졸리다 | |
| 일이 끝나다 | | 학교에 가다 | |
| 일등을 하다 | | 무섭다 | |
| 침대에 눕다 | | 집이 멀다 | |

V-(으)ㄹ 거예요　02

情景　「我這週末去游泳。」這時應該說「저는 이번 주말에 수영을 할 거예요.」。「下週放假，我打算去背包旅行。」這時應該說「다음 주에 방학을 하면 배낭여행을 할 거예요.」

說明　「V-(으)ㄹ 거예요」表示明天（這週末、下個月、明年……）的計劃。不能用來表示昨天做過的事情和現在正在做的事情。

한국에 가면 뭐 할 거예요?

한국에 가면 태권도를 배울 거예요.

졸업을 하면 취직을 할 거예요.

시험이 끝나면 쉴 거예요.

:: **V-(으)ㄹ 거예요** 連接方法

詞幹末音節有收音的動詞後面使用「V-을 거예요」；詞幹末音節沒有收音的動

詞後面使用「V-ㄹ 거예요」。

**有收音時+을 거예요**：먹다→먹다+을 거예요→먹을 거예요.

**沒有收音時+ㄹ 거예요**：보다→보다+ㄹ 거예요→볼 거예요.

**收音是「ㄹ」時→ㄹ+ㄹ 거예요**：만들다→만들다+ㄹ 거예요→만들 거예요.

**收音是「ㄷ」時→ㄹ+을 거예요**：듣다→듣다+ㄹ을 거예요→들을 거예요.

**收音是「ㅂ」時→우+ㄹ 거예요**：줍다→줍다+울(우+ㄹ) 거예요→주울 거예요.

## 활용 연습 2 活用練習 2

請在空格處填寫適當的內容。

| 原型 | V-(으)ㄹ 거예요 | 原型 | V-(으)ㄹ 거예요 |
|---|---|---|---|
| 여행을 하다 | 여행을 할 거예요. | 수영을 하다 | 수영을 할 거예요. |
| 사진을 찍다 | | 음악을 듣다 | |
| 그림을 그리다 | | 김치를 담그다 | |
| 쉬다 | | 휴지를 줍다 | |
| 영화를 보다 | | 가야금을 배우다 | |
| 비빔밥을 먹다 | | 설거지를 하다 | |
| 책을 읽다 | | 산책을 하다 | |
| 친구를 만나다 | | 책상을 정리하다 | |
| 이메일을 보내다 | | 잠을 자다 | |

**01** 　 방학을 하면 뭐 해요?

방학을 하다
제주도에 가다

가 비비엔 씨, 방학을 하면 뭐 해요?
나 저는 방학을 하면 제주도에 가요.

시간이 있다
여행을 하다

가 _____씨, _____ 뭐 해요?
나 _____ 여행을 해요.

한국말을 잘하다
한국어 선생님이 되다

가 _____ , _____?
나 _____.

수업이 끝나다
콘서트에 가다

가 _____ , _____?
나 _____.

숙제를 다하다
음악을 듣다

가 _____ , _____?
나 _____.

바다에 가다
수영하다

가 _____ , _____ ?
나 _____ .

가 _____ .
나 _____ .

만들어 보세요.

예

방학을 하다
고향에 가다

아침에 일어나다
요가를 하다

남이섬에 가다
번지점프를 하다

*<준기 손잡고>에 가다
가야금 공연을 보다

시간이 있다
산책하다

*「準基攜手」是演員李準基的粉絲們每年舉辦的伽倻琴演奏會。
在演奏會上，粉絲們用韓國傳統樂器伽倻琴改編並演奏李準基出
演過的電影、電視劇中的音樂。

## 02 내일 민속촌에 갈 거예요.

내일
민속촌에 가다

가 리리 씨, 내일 뭐 할 거예요?
나 저는 내일 민속촌에 갈 거예요.

내일
친구를 만나다

가 _____씨, _____?
나 저는 _____.

내일
번지점프를
하다

가 _____ , _____?
나 _____.

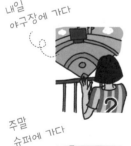
내일
야구장에 가다

가 _____ , _____?
나 _____.

주말
슈퍼에 가다

가 _____ , _____?
나 _____.

58

주말
김치를 담그다

가 _____ , _____?

나 _____ .

가 _____ .

나 _____ .

만들어 보세요.

예
내일

TV를 보다

이준기를
만나다

동대문에 가다

예
주말

피아노를 치다

백화점에 가다

백화점

듣기 연습 聽力練習

請仔細聽CD，然後回答問題。

**문제 1** 리리 씨는 이번 방학에 무엇을 할 거예요? 그림을 보고 고르세요.

**문제 2** 퍼디 씨는 이번 방학에 무엇을 할 거예요? 그림을 보고 고르세요.

# 이준기와 이야기하기

跟李準基聊天　請仔細聽錄音，跟李準基進行對話。

**이준기**　여러분 안녕하세요? 이준기예요.

저는 지금 시드니에서 영화 촬영을 하고 있어요.

촬영이 끝나면 동물원에 가서 코알라를 만날 거예요.

그리고 내일은 스테파니 씨를 만날 거예요.

스테파니 씨가 수업이 끝나면 촬영장으로 올 거예요.

우리는 같이 바다에 갈 거예요.

바다에서 수영도 하고 맛있는 저녁도 먹을 거예요.

여러분 즐거운 방학 보내세요.

# 이준기와 이야기하기

跟李準基聊天　請仔細聽錄音，跟李準基進行對話。

**비비엔**　　여러분 안녕하세요? 비비엔이에요.

저는 지금 파리에서 그림을 공부하고 있어요.

오늘 수업이 끝나면 친구들과 같이 에펠 탑에 갈 거예요.

우리는 에펠 탑에서 커피를 마시고 사진을 찍을 거예요.

저는 파리에서 그림 공부를 마치면 한국에 갈 거예요.

한국에서 디자이너가 될 거예요.

여러분, 한국에서 만나요.

# 연습해 보기 1 練習 1

請仿照例子做會話練習。
最好和學習韓語的朋友一起進行練習。

**최 지 영** 스테파니 씨, 방학을 하면 뭐 할 거예요?
**스테파니** 저는 방학을 하면 여행을 갈 거예요.

| 질문 \ 친구 | 1) 스테파니 | 2) | 3) |
|---|---|---|---|
| 수업이 끝나다 | 친구를 만나다 | | |
| 친구를 만나다 | 영화를 보다 | | |
| 집에 가다 | 요리를 하다 | | |
| 방학을 하다 | 여행을 가다 | | |
| 여행을 가다 | 사진을 찍다 | | |

 請像崔志英那樣介紹一下你的朋友。

**최 지 영**  스테파니 씨는 수업이 끝나면 친구를 만나고,
친구를 만나면 영화를 볼 거예요.
그리고 집에 가면 요리를 하고,
방학을 하면 여행을 갈 거예요.
또 여행을 가면 사진을 찍을 거예요.

# 연습해 보기 2 練習 2

請閱讀下面的文字，然後像葉月那樣寫一封信。

사랑하는 부모님께.

안녕하세요? 일본은 요즘 날씨가 어때요?

여기 한국은 요즈음 춥고 눈이 많이 와요.

그래서 수업이 끝나면 친구들과 같이 눈사람도 만들고 눈싸움도 해요.

저녁에 집에 돌아오면 한국 TV를 봐요.

한국어는 아직 어렵지만 재미있어요.

이번 주말에 이준기 씨와 함께 제주도에 갈 거예요.

제주도에는 이준기 씨의 부모님과 동생이 살고 있어요.

다음 주에 방학을 해요. 방학을 하면 일본에 갈 거예요.

그럼, 일본에서 만나요.

안녕히 계세요.

하즈키 드림

보고 싶은 부모님께.

_____

_____

_____

_____

_____

**韓國太陽最早昇起的地方**
**正東津**

　　與相愛的人一起乘坐夜裡的火車去正東津看日出，是任何一對韓國情侶都曾經幻想過的浪漫約會。

　　世界上與大海距離最近的火車站就是正東津站。正東津位於首爾光化門正東方，因此而得名。這裡非常破舊，看起來像是很久很久以前的村落。你來到這裡，就好像是乘坐時間機器，成了那個年代、那道風景中的人物。

　　正東津每年一月一日七點四十分左右開始迎接新年。從全國各地湧來的無數人群，目視著莊嚴昇起的正東津紅日，許下各自的心願。有的人希望有情人終成眷屬，有的人希望金榜題名⋯⋯李準基當然是許下了自己能與美麗的女孩一起甜蜜生活的心願。

함께
떠나요!

目視著莊嚴昇起的紅日許願的人們。

# 선생님이 되고 싶어요

我想成為老師

04

學習目標

**情景**
談論將來的希望

**詞彙**
將來的希望，職業

**語法**
N(이)군요! A-군요!
V-는군요!
N이/가 되다
V-고 싶다
V-고 싶어 하다

CD로 들어 보세요

| | |
|---|---|
| **벤 슨** | 스테파니 씨, 요즘 어떻게 지내세요? |
| **스테파니** | 요즘 취업 준비를 하고 있어요. |
| **벤 슨** | 아! 벌써 4학년이에요? 시간이 참 빠르군요! |
| **스테파니** | 네, 그래서 요즘 너무 바빠요. |
| **벤 슨** | 스테파니 씨는 졸업을 하면 뭐 하고 싶으세요? |
| **스테파니** | 저는 시드니에 가서 한국어 선생님이 되고 싶어요. 벤슨 씨는요? |
| **벤 슨** | 저는 예쁜 여자 친구랑 결혼하고 싶어요. |
| **스테파니** | 우아! 벤슨 씨, 여자 친구 있어요? |
| **벤 슨** | 아니요, 아직 없어요. 좋은 사람 있으면 소개해 주세요. |

**01** 직업 2
職業2

| | |
|---|---|
| 공무원[공무원] 公務員 | 변호사[변호사] 律師 |
| 회사원[회사원] 公司職員 | 은행원[은행원] 銀行職員 |
| 외교관[외교관] 外交官 | 통역관[통역판] 翻譯 |
| 작가[작까] 作家 | 시인[시인] 詩人 |
| 화가[화가] 畫家 | 피아니스트[피아니스트] 鋼琴家 |
| 가수[가수] 歌手 | 작사가[작싸가] 作詞者 |
| 작곡가[작꼭까] 作曲家 | 연예인[여녜인] 藝人 |
| 교수[교수] 教授 | 사업가[사업까] 企業家 |
| 디자이너[디자이너] 設計師 | 아나운서[아나운서] 播音員 |
| 지휘자[지휘자] 指揮家 | 영화감독[영화감독] 電影導演 |
| 수의사[수이사] 獸醫 | 약사[약싸] 藥劑師 |

**02** 한국의
회사
韓國的公司

**항공사**[항공사] 航空公司

대한항공[대 : 한항 : 공] 大韓航空　　　아시아나항공[아시아나항공] 韓亞航空

**대기업**[대기업] 大企業

삼성[삼성] 三星　　　**LG**[엘지] LG 集團　　　**현대**[현대] 現代

KT[케이티] 韓國通信　SK[에스케이] SK集團　**포스코**[포스코] 浦項製鐵公司

**방송국**[방송국] 廣播電視台

KBS[케이비에스] 韓國廣播公司　　　　　　MBC[엠비씨] 韓國文化廣播公司

SBS[에스비에스] 首爾廣播公司

**엔터테인먼트**[엔터테임먼트] 娛樂

SM[에스엠] SM娛樂公司　　　YG[와이지] YG娛樂公司　　　JYP[제이와이피] JYP娛樂公司

IMX[아이엠엑스] IMX公司　　　FNC[에프엔씨] FNC娛樂公司

| **03** 동사<br>動詞 | 지내다[지내다] 過日子 | 취업하다[취 : 어파다] 就業，找工作 |
|---|---|---|
| | 준비하다[줌 : 비하다] 準備 | 시작하다[시 : 자카다] 開始 |
| | 시간이 빠르다[시가니빠르다] 時間飛逝 | |
| | 졸업하다[조러파다] 畢業 | 결혼하다[결혼하다] 結婚 |
| | 사귀다[사귀다] 結交，交往 | 드럼을 치다[드러믈치다] 擊鼓 |
| | 탈춤을 추다[탈추믈추다] 跳假面舞 | |

| **04** 기타<br>其他 | 요즘[요즘] 最近，近來 | 참[참] 真，真正 |
|---|---|---|
| | 취업 준비[취업줌비] 準備就業 | 빌써[벌써] 已經 |
| | 아직[아직] 還，仍 | 그래서[그래서] 因此 |
| | TOPIK 시험[토픽시험] 韓國語能力考試 | |
| | K-POP 공연[케이팝공연] 韓國流行音樂會 | |

---

**연음 법칙** 連讀法則

有收音的音節後面和以「ㅇ」開頭的音節連用時，收音要連到「ㅇ」的位置上發音。

**發音規則**

되고 싶어요 ⇒ [되고시퍼요]
ㅍ＋ㅇ ⇒ ∅＋ㅍ

**시간이**[시가니]　**선생님이**[선생니미]　**있으면**[이쓰면]

## N(이)군요!/A−군요!/V−는군요! 01

情景　給人「啊！是這樣啊！」這樣的感覺。

說明　對已經知道或新知道的事情表示感嘆。

이준기 씨가 영화배우군요!

시간이 참 빠르군요!

오늘은 참 춥군요!

리리 씨가 영화를 보는군요!

:: **N(이)군요! A-군요! V-는군요!** 連接方法

末音節有收音的名詞後面使用「N이군요」；末音節沒有收音的名詞後面使用
「N군요」。形容詞後面使用「A−군요」。動詞後面使用「V−는군요」。

**有收音時 N+이군요** : 학생→ 학생+이군요→ 학생이군요!

　　　**A+군요** : 많다→ 많다+군요→ 많군요!

　　　**V+는군요** : 먹다→ 먹다+는군요→ 먹는군요!

**沒有收音時 N+이군요** : 의사→ 의사+군요→ 의사군요!

　　　**A+군요** : 예쁘다→ 예쁘다+군요→ 예쁘군요!

　　　**V+는군요** : 가다→ 가다+는군요→ 가는군요!

# N이/가 되다 ⓿②

**情景** 「你畢業後想做什麼？想成為歌手、老師、鋼琴家？」這時應該說「가수가 되다.」、「선생님이 되다.」、「피아니스트가 되다.」。

**說明** 「N이/가 되다」應該和表示自己想從事的職業名稱連用。表示實現自己的夢想。

리리 씨는 중국에 가면 한국어 선생님이 될 거예요.

비비엔 씨는 졸업하면 통역관이 될 거예요.

스테파니 씨는 졸업을 하면 스튜어디스가 될 거예요.

:: **N이/가 되다** 連接方法

末音節有收音的名詞後面使用「N이 되다」；末音節沒有收音的名詞後面使用「N가 되다」。

**有收音時＋이 되다：** 한국어 선생님 → 한국어 선생님이 되다.

**沒有收音時＋가 되다：** 의사 → 의사가 되다, 화가 → 화가가 되다.

## V-고 싶다/V-고 싶어 하다 ⑬

情景 「我現在肚子餓了，飯桌上有漢堡，我想要是能吃到漢堡就好了。」這時應該說「아! 햄버거를 먹고 싶어요.」。

說明 「V-고 싶다」和「먹다（吃）」等動詞連用，用於希望實現該動詞的動作時，表示第一人稱和第二人稱主語的希望。「V-고 싶어 하다」表示第三人稱主語的希望。相當於中文的「想做……」。

저는 내년에 결혼하고 싶어요.

---

리리 씨, 대학교를 졸업하면 뭐 하고 싶어요?

---

준이치 씨는 유명한 작곡가가 되고 싶어 해요.

---

:: **V-고 싶다, V-고 싶어 하다** 連接方法

詞幹末音節有收音和沒有收音的動詞後面都使用「V-고 싶다」、「V-고 싶어 하다」

**有收音時＋고 싶다/싶어하다 :**

피자를 먹다→피자를 먹다+고 싶다/싶어 하다→피자를 먹고 싶다/싶어 하다.

**沒有收音時＋고 싶다/싶어하다 :**

영화를 보다→영화를 보다+고 싶다/싶어 하다→영화를 보고 싶다/싶어 하다.

# 활용 연습 活用練習

請在空格處填寫適當的內容。

| 原型 | V-고 싶다 | V-고 싶어 하다 |
|------|-----------|----------------|
| 바다에 가다 | 바다에 가고 싶다. | 바다에 가고 싶어 하다. |
| 영화를 보다 | | |
| 이준기를 만나다 | | |
| 떡볶이를 먹다 | | |
| 녹차를 마시다 | | |
| 결혼을 하다 | | |
| 가수가 되다 | | |
| 스키를 타다 | | |
| 태권도를 배우다 | | |
| 사인을 받다 | | |
| 선물을 준비하다 | | |
| 휴대폰을 사다 | | |
| 여자 친구를 사귀다 | | |
| 삼성에 취업하다 | | |

### 01 이것이 비빔밥이군요!

비빔밥

**가** 이것은 비빔밥이에요.
**나** 아! 이것이 비빔밥이군요!

케이크

**가** 이것은 _____예요/이에요.
**나** 아! _____!

떡

**가** _____.
**나** _____!

떡볶이

**가** _____.
**나** _____!

만들어 보세요.
슬픈 영화
화가/작가
냉면/불고기
...

**가** _____.
**나** _____!

## 02 TV를 보는군요!

TV를 보다

가 리리 씨, 지금 뭐 해요?
나 저는 지금 TV를 봐요.
가 아! TV를 보는군요!

농구를 하다

가 벤슨 씨, _____?
나 저는 지금 _____.
가 아! _____!

김치를 담그다

가 아마니 씨, _____?
나 _____.
가 _____!

만들어 보세요.

영화를 보다
친구를 만나다
수영을 하다
…

가 _____?
나 _____.
가 _____!

**03** 한국어 선생님이 될 거예요.

의사

가 하즈키 씨, 졸업을 하면 뭐 할 거예요?
나 저는 졸업을 하면 의사가 될 거예요.

경찰관

가 퍼디 씨, _____?
나 저는 _____.

통역관

가 비비엔 씨, _____?
나 _____.

아나운서

가 아마니 씨, _____?
나 _____.

요리사

가 퍼디 씨, _____?
나 저는 _____.

한국어
선생님

극어

**가** 스테파니 씨, _____?
**나** _____.

만들어 보세요.

**가** _____?
**나** _____.

스튜어디스

음악가

예

수의사

회사원

우체부

약사

**03**      **저는 바다에 가고 싶어요.**

바다에 가다

가 최지영 씨, 뭐 하고 싶어요?
나 저는 바다에 가고 싶어요.
가 최지영 씨는 바다에 가고 싶어 해요.

커피를 마시다

가 리리 씨, _____?
나 저는 _____.
가 리리 씨는 _____.

요리를 하다

가 퍼디 씨, _____?
나 _____.
가 _____.

드럼을 치다

가 이준기 씨, _____?
나 _____.
가 _____.

콘서트에 가다

**가** 하즈키 씨, _____?

**나** _____.

**가** _____.

만들어 보세요.

**가** _____?

**나** _____.

**가** _____.

예

스키를 타다

탈춤을 추다

번지 점프를 하다

〈칭찬해줘〉를
* 부르다

빵을 먹다

＊〈稱讚我吧〉是李準基專輯中的歌曲。

문제 1 그림에서 스테파니 씨가 시험이 끝나면 하고 싶은 것을 모두 고르세요.

문제 2 그림에서 스테파니 씨가 졸업을 하면 하고 싶은 것을 모두 고르세요.

CD로 들어 보세요

# 이준기와 이야기하기

跟李準基聊天　請仔細聽錄音，跟李準基進行對話。

| 이준기 | 아마니 씨, 요즘 어떻게 지내세요? |
|---|---|
| 아마니 | 저는 요즘 TOPIK 공부를 하고 있어요. |
| 이준기 | 아, 그렇군요! 다음 주가 시험이군요! |
| 아마니 | 네, 그래서 요즘 너무 바빠요. |
| 이준기 | 아마니 씨는 졸업을 하면 뭐 하고 싶으세요? |
| 아마니 | 저는 사우디에 가서 아나운서가 되고 싶어요. |
| 이준기 | 아, 그렇군요! |
| 아마니 | 이준기 씨는 졸업을 하면 뭐 하고 싶으세요? |
| 이준기 | 저는 예쁜 여자 친구랑 결혼하고 싶어요. |
| 아마니 | 우아! 이준기 씨 여자 친구 있어요? |
| 이준기 | 아니요, 아직 없어요. 좋은 사람 있으면 소개해 주세요. |

## 연습해 보기 練習

請仿照例子做會話練習。
請像崔志英那樣介紹一下你的朋友。

**최지영** 리리 씨, 오늘 오후에 뭐 하고 싶어요?
**리 리** 저는 오후에 영화를 보고 싶어요.

| 질문 \ 친구 | 1) 리리 | 2) | 3) |
|---|---|---|---|
| 오늘 오후/뭐 하다? | 영화를 보다 | | |
| 이번 주말/뭐 하다? | 바다에 가다 | | |
| 지금 누구를 만나다? | 친구를 만나다 | | |
| 졸업하면 뭐 하다? | 취직하다 | | |
| 이준기 씨를 만나면 뭐 하다? | 〈칭찬해줘〉를 함께 부르다 | | |

 請像崔志英那樣介紹一下你的朋友。

**최지영** 리리 씨는 오늘 오후에 영화를 보고 싶어 해요.
이번 주말에 바다에 가고 싶어 해요.
지금 친구를 만나고 싶어 하고,
졸업하면 취직하고 싶어 해요.
그리고 이준기 씨를 만나면
〈칭찬해줘〉를 함께 부르고 싶어 해요.

## 以成春香與李夢龍的愛情故事聞名的城市
## 南原

　　南原是韓國最高程度浪漫愛情小說《春香傳》的舞台。如果說《羅密歐與朱麗葉》代表的是悲劇性的愛情，那麼《春香傳》則是克服重重困難後收獲愛情的大團圓結局。

　　李夢龍對在盪鞦韆的春香一見鐘情，後來終於向春香表白了愛意，並且兩人立下了百年好合之約。但是李夢龍很快就去了漢陽（今首爾）參加科舉考試。此時，村裡新上任的村長想得到春香的愛，但是未能如願，於是就將春香關入了大牢。去漢陽的李夢龍考中科舉，成為暗行御史（微服私訪監察村長的官職），之後回到南原救出了春香，從而獲得了圓滿的愛情。

　　南原每年春天會舉行「南原春香節」，以紀念成春香與李夢龍的愛情。成春香與李夢龍像實際存在的人物一樣，你在南原的各個角落都可以發現他們的足跡。我突然想演李夢龍這個角色了。我會合適嗎？

考中科舉後以暗行御史身分歸來的李夢龍。

克服重重困難後收獲愛情的成春香和李夢龍。

함께 떠나요!

# 교보문고가 어디예요?

教保文庫在哪裡？

| | |
|---|---|
| **리 리** | 실례합니다. 교보문고가 어디예요? |
| **이준기** | 이 길로 똑바로 가다가 두 번째 신호등에서 왼쪽으로 가세요. |
| **리 리** | 두 번째 신호등에서 왼쪽으로 가면 바로 보여요? |
| **이준기** | 왼쪽으로 돌아서 50미터 정도 가면 교보빌딩이 보여요. |
| | 교보문고는 교보빌딩 지하 1층에 있어요. |
| **리 리** | 여기서 걸어서 얼마나 걸려요? |
| **이준기** | 걸어서 10분쯤 걸려요. |
| **리 리** | 네, 알겠습니다. 감사합니다. |

**01** 길
路

| | |
|---|---|
| 사거리[사거리] 十字路口 | 횡단보도[횡담보도] 斑馬線 |
| 육교[육꾜] 天橋 | 지하도[지하도] 地下通道 |
| 신호등[신호등] 紅綠燈 | 표지판[표지판] 標誌牌 |
| 대각선[대각썬] 斜對面 | 맞은편[마즘편] 對面 |
| 인도[인도] 人行道 | 중앙선[중앙선] 雙黃線 |
| 골목[골목] 胡同/小巷 | |

**02** 위치
位置

| | |
|---|---|
| 앞[압] 前面 | 뒤[뒤] 後面 |
| 오른쪽[오른쪽] 右邊 | 왼쪽[왼쪽] 左邊 |
| 똑바로[똑빠로] 一直地 | 곧장[곧짱] 一直 |
| 쪽[쪽] 直地 | |

**03** N째
第幾

| | |
|---|---|
| 첫 번째[첟뻔째] 第一 | 두 번째[두번째] 第二 |
| 세 번째[세번째] 第三 | 네 번째[네번째] 第四 |
| 다섯 번째[다섭뻔째] 第五 | 여섯 번째[여섭뻔째] 第六 |
| 일곱 번째[일곱뻔째] 第七 | 여덟 번째[여덜번째] 第八 |
| 아홉 번째[아홉뻔째] 第九 | 열 번째[열번째] 第十 |
| 스무 번째[스무번째] 第二十 | 서른 번째[서른번째] 第三十 |
| 백 번째[백뻔째] 第一百 | 천 번째[천번째] 第一千 |

**04 동사**
動詞

돌다[돌다] 轉

걸리다[걸리다] 花費（時間）

걷다[걷따] 走路

뛰다[뛰다] 跑，跳

깨다[깨다] 清醒

보이다[보이다] 看到

건너다[건너다] 越過，翻過

울다[울다] 響，鳴

놀라다[놀라다] 吃驚

싸우다[싸우다] 吵架，打架

**05 기타**
其他

*교보문고[교보뭉고] 教保文庫

풍선[풍선] 氣球

택시 승강장[택씨승강장] 計程車招呼站

버스정류장[버스정뉴장] 公車站

교보빌딩[교보빌딩] 教保大廈

하늘[하늘] 天空

지하철역[시하철력] 地鐵站

정도[정도] 程度

*教保文庫是韓國具有代表性的大型連鎖書店，根據「人編書，書造就人」的理念運營，其第一家店―光化門店於二十世紀八十年代初建立。教保文庫為韓國人提供「精神食糧」。

**경음화** 緊音化

發音規則

收音「ㄱ」、「ㄷ」、「ㅂ」後面與以輔音「ㄱ」、「ㄷ」、「ㅂ」、「ㅅ」、「ㅈ」開頭的音節連用時，輔音「ㄱ」、「ㄷ」、「ㅂ」、「ㅅ」、「ㅈ」發音為「ㄲ」、「ㄸ」、「ㅃ」、「ㅆ」、「ㅉ」。

똑바로 ⇒ [똑빠로]

ㄱ + ㅂ ⇒ ㄱ + ㅃ

육교[육꾜]　알겠습니다[알겓씀니다]　대각선[대각썬]

## V-다가

01

情景 「我現在在喝咖啡，還沒有全喝完，中途去了化妝室。」這時應該說「저는 커피를 마시다가 화장실에 갔어요.」。「我正往家走，還沒有到家，在回家途中遇到了朋友。」這時應該說「저는 집에 가다가 친구를 만났어요.」。

說明 「V-다가」和「마시다 (喝)」、「가다 (去)」等動詞連用，表示該動詞的動作還沒有完成，中途去做別的事情。

리리 씨는 집에 가다가 친구를 만났어요.

책을 읽다가 잤어요.

커피를 마시다가 화장실에 갔어요.

영화를 보다가 울었어요.

## :: V-다가 連接方法

詞幹末音節有收音和沒有收音的動詞後面都使用「V-다가」。

**有收音時+다가** : 먹다 → 먹다 + 다가 → 먹다가

**沒有收音時+다가** : 보다 → 보다 + 다가 → 보다가

# 활용 연습 活用練習

請在空格處填寫適當的內容。

| 原型 | V-다가 V-았/었어요 |
|---|---|
| 집에 가다/친구를 만나다 | 집에 가다가 친구를 만났어요. |
| 밥을 먹다/전화를 하다 | |
| 남자 친구와 싸우다/울다 | |
| 책을 읽다/자다 | |
| 숙제를 하다/편지를 쓰다 | |
| 술을 마시다/노래를 하다 | |
| 영화를 보다/친구를 생각하다 | |
| 도서관에 가다/커피를 사다 | |
| 잠을 자다/놀라서 깨다 | |

## N(으)로 02

情景　「請朝著右邊（左邊/上面/下面）去。」這時應該說「오른쪽으로（왼쪽으로/위로/아래로）가세요.」。「使用原子筆、勺子等工具或者通過乘坐地鐵等方式做某事。」這時應該說「볼펜으로 써요.」、「숟가락으로 먹어요.」、「지하철로 가요.」。

說明　「N(으)로」可以表示方向，像「오른쪽으로（往右）」、「위로（往上）」等；也可以表示方法、手段，像「볼펜으로（用原子筆）」、「지하철로（坐地鐵）」等。

똑바로 가다가 왼쪽으로 가세요.

풍선이 하늘로 올라갔어요.

지하철로 20분 걸려요.

:: **N(으)로** 連接方法

末音節有收音的名詞後面使用「N으로」；末音節沒有收音或末音節的收音是「ㄹ」的名詞後面使用「N로」。

**有收音時+으로**：왼쪽→ 왼쪽으로, 숟가락→ 숟가락으로

**沒有收音時+로**：아래→아래로, 버스→버스로

**收音是「ㄹ」時+로**：하늘→ 하늘로, 지하철→지하철로

# N쯤

**03**

**情景** 「從韓國坐飛機去日本，可能需要1小時20分鐘、30分鐘，也就是需要大約1小時30分鐘。」這時應該說「한국에서 일본까지 1시간 30분쯤 걸려요.」。「從學校走到家，可能需要15分鐘、20分鐘、25分鐘，不知道確切需要多長時間，也就是需要20分鐘左右。」這時應該說「20분쯤 걸려요.」。

**說明** 「N쯤」應該跟「1시간（1個小時）」、「하루（1天）」等時間名詞連用，表示大體的時間。相當於中文的「大約多少時間」。

집에서 학교까지 걸어서 20분쯤 걸려요.

서울에서 부산까지 다섯 시간쯤 걸려요.

한국에서 프랑스까지 하루쯤 걸려요.

:: **N쯤** 連接方法

末音節有收音和沒有收音的名詞後面都使用「N쯤」。

**有收音時+쯤：** 한 시간 → 한 시간쯤

**沒有收音時+쯤：** 하루 → 하루쯤

**01** 오른쪽으로 가세요.

화장실, 오른쪽

가 실례지만, 화장실이 어디예요?
나 화장실은 오른쪽으로 가세요.

사무실, 왼쪽

가 실례지만, _____?
나 _____.

광화문, 저쪽

가 _____, _____?
나 _____.

우체국, 옆

가 _____, _____?
나 _____.

만들어 보세요.

도서관/아래
영화관/앞
수영장/위
...

가 _____?
나 _____.

**02** 버스로 30분쯤 걸려요.

강남→광화문
버스/30분

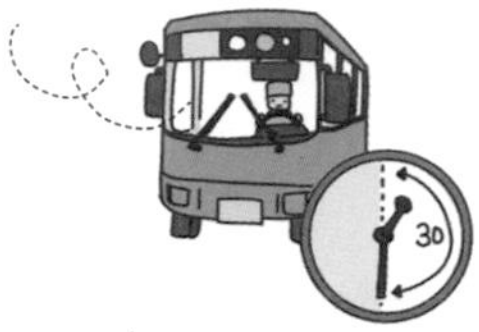

가 강남에서 광화문까지 얼마나 걸려요?
나 광화문까지 버스로 **30분**쯤 걸려요.

한국→일본
비행기/2시간

가 _____?
나 _____.

한국→스페인
배/2달

가 _____?
나 _____.

집→명동
걸어서 20분

가 _____?
나 _____.

만들어 보세요.
서울→베이징
비행기/3시간
학교→집
걸어서 15분
…

가 _____?
나 _____.

## 03

똑바로 가다가 신호등에서
왼쪽으로 가세요.

똑바로 가다
신호등에서 왼쪽으로 가다

가 실례지만, 우리병원이 어디예요?
나 똑바로 가다가 신호등에서 왼쪽으로 가세요.

오른쪽으로 가다
사거리에서 왼쪽으로 가다

가 실례지만, ＿＿＿＿＿＿＿＿이 어디예요?
나 ＿＿＿＿＿＿＿＿＿＿＿＿＿.

옆길로 가다
육교를 건너다

가 ＿＿＿＿＿, ＿＿＿＿＿＿＿＿＿＿?
나 ＿＿＿＿＿＿＿＿＿＿＿＿＿.

사거리에서 왼쪽으로 가다
아래로 50m쯤 가다

가 ＿＿＿＿＿, ＿＿＿＿＿＿＿＿＿＿?
나 ＿＿＿＿＿＿＿＿＿＿＿＿＿.

은행 옆길로 가다
육교를 건너다

가 ＿＿＿＿＿, ＿＿＿＿＿＿＿＿＿＿?
나 ＿＿＿＿＿＿＿＿＿＿＿＿＿.

두로 돌아서
100m쯤 가다/왼쪽

한크대학교

가 _____ , _____?
나 _____.

이쪽으로 쭉 가다
오른쪽

국회의사당

가 _____ , _____?
나 _____.

만들어 보세요.

가 _____?
나 _____.

예

광화문
왼쪽으로 가다
사거리에서
길을 건너다

청와대
위로
100m쯤 가다
횡단보도를 건너다

극장
앞으로 곧장 가다
편의점에서
오른쪽으로 가다

## 04   인사동에 가다가 이준기 씨를 만났어요.

인사동에 가다
이준기 씨를 만나다

가 스테파니 씨, 어제 뭐 했어요?
나 인사동에 가다가 이준기 씨를 만났어요.

요리하다
설거지를 하다

가 준이치 씨, _____?
나 _____.

영화를 보다
울다

가 하즈키 씨, _____?
나 _____.

숙제를 하다
잠을 자다

가 비비엔 씨, _____?
나 _____.

청소하다
전화를 하다

가 아마니 씨, _____?
나 _____.

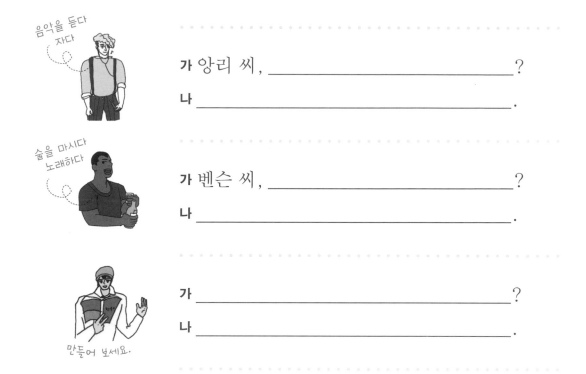

음악을 듣다
자다

**가** 앙리 씨, _____?
**나** _____.

술을 마시다
노래하다

**가** 벤슨 씨, _____?
**나** _____.

**가** _____?
**나** _____.

만들어 보세요.

예

TV를 보다
전화를 받다

길을 가다
넘어지다

만화를 읽다
웃다

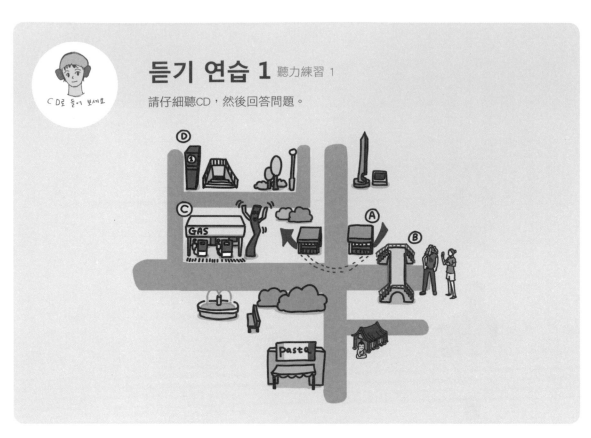

## 듣기 연습 1 聽力練習 1

請仔細聽CD，然後回答問題。

**문제** 지하철역은 어디에 있어요? 그림에 표시하세요.

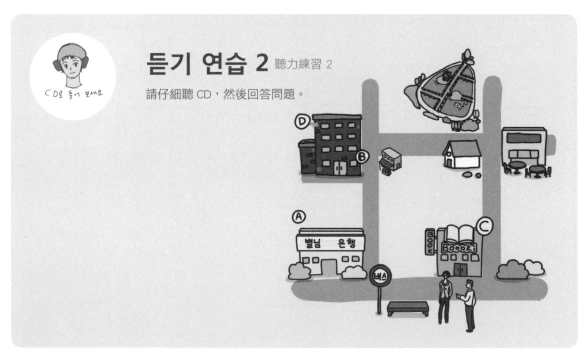

## 듣기 연습 2 聽力練習 2

請仔細聽 CD，然後回答問題。

**문제** 커피숍은 어디에 있어요? 그림에 표시하세요.

# 이준기와 이야기하기

跟李準基聊天　請仔細聽錄音，跟李準基進行對話。

**하즈키**　실례지만, 병원이 어디에 있어요?

**이준기**　이 길로 똑바로 가다가 두 번째 신호등에서
　　　　　왼쪽으로 가세요.

**하즈키**　두 번째 신호등에서 왼쪽으로 가면 바로 보여요?

**이준기**　왼쪽으로 돌아서 똑바로 가면 은행이 있어요.
　　　　　은행 옆길로 쭉 가면 행복빌딩이 보여요.
　　　　　병원은 행복빌딩 3층에 있어요.

**하즈키**　여기서 걸어서 얼마나 걸려요?

**이준기**　걸어서 15분쯤 걸려요.

**하즈키**　네, 알겠습니다. 감사합니다.

교보문고가 어디예요?　　　　99

# 연습해 보기 練習

請仿照例子做會話練習。
最好和學習韓國語的朋友一起練習。

**최 지 영**    스테파니 씨, 주말에 뭐 했어요?
**스테파니**    영화를 보다가 잤어요.

**최 지 영**    준이치 씨, 주말에 뭐 했어요?
**준 이 치**    드라마를 보다가 운동을 했어요.

| 친구 \ 질문 | 주말에 뭐 했어요? |
|---|---|
| 1) 스테파니 | 영화를 보다가 잤어요. |
| 2) 준이치 | 드라마를 보다가 운동을 했어요. |
| 3) | |
| 4) | |
| 5) | |

 請像崔志英那樣介紹一下你的朋友。

**최 지 영**    스테파니 씨는 주말에 영화를 보다가 잤어요.
            준이치 씨는 주말에 드라마를 보다가 운동을 했어요.

## 和平與民主的城市
## 光州

　　在韓國現代史上，光州是只聽到名字就會令人覺得心痛的地方。

　　一九八〇年五月，在光州發生了市民為爭取民主化與軍事獨裁者對抗，從而導致無數人犧牲的事件。這就是韓國現代史上一段令人痛心疾首的歷史──光州民主化運動。

　　去光州的很多人們會到保有民主人士靈魂的「民主化墓地」進行參拜，並體會他們那時的痛苦。現在，在光州市內處處都能發現可以瞭解當時慘狀的紀錄。這些紀錄已入選聯合國教科文組織評選的世界紀錄遺產，被認定為人類珍貴的紀錄遺產。

　　不僅是韓國，希望世界上任何一個地方都不要再重複「血的歷史」！

無法磨滅的慘痛記憶！

# 아저씨, 인사동으로 가 주세요

大叔，我想去仁寺洞

學習目標

情景
乘坐計程車

詞彙
運行，交通狀況

語法
V-아/어 주세요
V-(으)ㄹ 테니까
N 안에

CD로 들어 보세요

| 기 사 | 어서 오세요. 손님, 어디로 갈까요? |
|---|---|
| 하즈키 | 인사동으로 가 주세요. |
| 기 사 | 네, 알겠습니다. |
| 하즈키 | 여기에서 인사동까지 얼마나 걸려요? |
| 기 사 | 이 시간대에는 길이 막히지 않을 테니까 30분 안에 도착할 거예요. |
| 하즈키 | 네. |
| 기 사 | 저기 보이는 사거리에서 어디로 갈까요? |
| 하즈키 | 사거리에서 우회전하세요. 우회전하면 바로 횡단보도가 있어요. 그 근처에 세워 주세요. |

| 기 사 | 네, 알겠습니다. 어디쯤에 세워 드릴까요? |
| 하즈키 | 저기 보이는 하얀 건물 앞에 세워 주세요. 얼마예요? |
| 기 사 | 만이천 원입니다. |
| 하즈키 | 여기 있습니다. 감사합니다. |
| 기 사 | 감사합니다. 안녕히 가세요. |

**01** 동사
動詞

막히다 [마키다] 堵塞，不通　　출발하다 [출발하다] 出發

도착하다 [도차카다] 到達　　세우다 [세우다] 停下

열다 [열다] 打開　　닫다 [닫따] 關上

**02** 길
路

우회전하다 [우회전하다] 右轉　　좌회전하다 [좌회전하다] 左轉

직진하다 [직찐하다] 直行　　유턴하다 [유턴하다] 掉頭

**03** 기타
其他

이서 오세요 [어서오세요] 歡迎光臨，快請進

알겠습니다 [알겓씀니다] 知道了

근처 [근처] 附近　　인사동 [인사동] 仁寺洞（韓國地名）

걱정하다 [걱쩡하다] 擔心

---

發音規則

「ㅎ」탈락「ㅎ」的脫落

收音「ㅎ」後面和「아/어」「(으)」等以「ㅇ」開頭的活用形式連用時不發音。

$$않을 테니까 ⇒ [아늘테니까]$$

$$ㅎ + 을 ⇒ \emptyset + 을$$

**좋은** [조은]　　**좋아요** [조아요]　　**많이** [마니]　　**~않아요** [~아나요]

# 6-2 문법

## V-아/어 주세요 ⑴

커피를 사 주세요.

情景 「我拜託麗麗幫我買咖啡。」這時應該說「리리 씨, 커피를 사 주세요.」。「我拜託司機載我去仁寺洞。」這時應該說「인사동으로 가 주세요.」。

說明 「V-아/어 주세요」跟「사다（買）」、「가다（去）」等動詞連用，表示拜託別人做該動詞的動作。不能用來表示昨天做過的事情和現在正在做的事情。相當於中文的「請幫我做……」。

리리 씨, 피아노를 쳐 주세요.

아저씨, 남산으로 가 주세요.

은행 앞에서 세워 주세요.

:: **V-아/어 주세요** 連接方法

詞幹末音節有元音「ㅏ」、「ㅗ」的動詞後面使用「V-아 주세요」；詞幹末音節沒有元音「ㅏ」、「ㅗ」的動詞後面使用「V-어 주세요」。

**有元音「ㅏ」、「ㅗ」時+아 주세요**：일어나다→일어나다+아 주세요→일어나 주세요.

**沒有元音「ㅏ」、「ㅗ」時 +어 주세요**：읽다→읽다+어 주세요→읽어 주세요.

以「**하다**」結尾時→**~해 주세요** : 청소하다→ 청소하다+해 주세요→ 청소해 주세요.

收音是「**ㄷ**」時→**ㄹ+어 주세요** : 듣다→ 듣다+ㄹ어 주세요→ 들어 주세요.

收音是「**ㅂ**」時→**우+어 주세요** : 줍다→ 줍다+워(우+어) 주세요→ 주워 주세요.

## A/V–(으)ㄹ 테니까  02

**情景** 「我要學習，因此請安靜點。」這時應該說「저는 공부를 할 테니까 조용히 해 주세요.」。「考試會很難，因此努力吧。」這時應該說「시험이 어려울 테니까 열심히 하세요.」

**說明** 「A/V–(으)ㄹ 테니까」跟「하다 (做)」、「막히다 (堵塞)」等動詞連用，表示「要做某事，因此……」的意思。「A/V–(으)ㄹ 테니까」用於表示明天（這個週末、下個月、明年……）的計劃。不能用來表示昨天做過的事情和現在正在做的事情。

길이 막힐 테니까 일찍 오세요.

주말에 올 테니까 걱정하지 마세요.

매울 테니까 조금만 드세요.

:: A/V-(으)ㄹ 테니까 連接方法

詞幹末音節有收音的動詞和形容詞後面使用「A/V-을 테니까」；詞幹末音節沒有
收音或詞幹末音節的收音是「ㄹ」的動詞和形容詞後面使用「A/V-ㄹ 테니까」。

有收音時+을 테니까：먹다→먹다+을 테니까→먹을 테니까

沒有收音時+ㄹ 테니까：만나다→만나다+ㄹ 테니까→만날 테니까

收音是「ㄹ」時→ㄹ+ㄹ 테니까：만들다→만들다+ㄹ 테니까→만들 테니까

收音是「ㄷ」時→ㄹ+을 테니까：듣다→듣다+ㄹ을 테니까→들을 테니까

收音是「ㅂ」時→우+ㄹ 테니까：어렵다→어렵다+울(우+ㄹ)테니까→어려울 테니까

# 활용 연습 活用練習

請在空格處填寫適當的內容。

| 原型 | V-아/어 주세요 | 原型 | A/V-(으)ㄹ 테니까 |
|---|---|---|---|
| 세우다 | 세워 주세요. | 덥다 | |
| 열다 | | 춥다 | 추울 테니까 |
| 닫다 | | 바쁘다 | |
| 만들다 | | 청소하다 | |
| 출발하다 | | 차가 막히다 | |
| 듣다 | | 앉다 | |
| 입다 | | 멀다 | |

# N 안에

**03**

狀況 「現在在工作，可能1小時能做完。」這時應該說「이 일이 한 시간 안에 끝날 거예요.」。「現在2點，我正在打掃衛生，可能3點前能打掃完，也就是說可能1小時能打掃完。」這時應該說「청소가 한 시간 안에 끝날 거예요..」。

한 시간 안에 이 일이 끝날 거예요.

說明 「N 안에」應該跟「한 시간 (1個小時)」、「한 달 (1個月)」等時間名詞連用，表示在該名詞所指的時間過去之前的意思。相當於中文的「在……期間內」。

10분 안에 도착해요.

이 일은 한 시간 안에 할 수 있어요.

집에서 회사까지 걸어서 20분 안에 갈 수 있어요.

:: **N 안에** 連接方法

末音節有收音和沒有收音的名詞後面都使用「N 안에」。

**有收音時+안에** : 한 시간→ 한 시간 안에

**沒有收音時+안에** : 이번 주→이번 주 안에

## 01 인사동으로 가 주세요.

인사동

가 손님, 어디로 갈까요?
나 인사동으로 가 주세요.

한국대학교

가 손님, _____?
나 _____.

우리병원

가 _____ , _____?
나 _____.

교보문고

가 _____ , _____?
나 _____.

만들어 보세요.
홍대
대학로
강남역
...

가 _____?
나 _____.

## 02 스타벅스 앞에서 세워 주세요.

스타벅스 앞

가 손님, 어디에 세워 드릴까요?
나 스타벅스 앞에서 세워 주세요.

지하철역 근처

가 손님, _____?
나 _____.

주유소 앞

가 _____ , _____?
나 _____.

횡단보도 근처

가 _____ , _____?
나 _____.

만들어 보세요.
하얀 건물 앞
도서관 옆
지하도 근처
...

가 _____?
나 _____.

**03** 갈 테니까 기다리세요.

갈 테니까 기다리세요. (O)

바쁠 테니까 오지 마세요. (X)

_____ .

_____ .

_____ .

_____ .

우산을 빌려 주다
걱정하다 X

_____ .

빌려 주다
사다 X

_____ .

_____ .

만들어 보세요.

예

운전하다
쉬다 ○

맵다
많이 먹다 X

보여 주다
울다 X

깨워 주다
푹 자다 ○

끝내다
걱정하다 X

# 듣기 연습 1 聽力練習 1

請仔細聽 CD，然後回答問題。

**문제** 이 사람들은 어디에 가는지 써 보세요.

1) 리리: _____    2) 비비엔: _____

# 듣기 연습 2 聽力練習 2

請仔細聽 CD，然後回答問題。

**문제** 이 사람들은 어디에서 내리는지 써 보세요.

1) 퍼디: _____    2) 벤슨: _____

CD로 들어 보세요

# 이준기와 이야기하기

跟李準基聊天　請仔細聽錄音，跟李準基進行對話。

| 기 사 | 어서 오세요. 손님, 어디로 갈까요? |
| 이준기 | 여의도로 가 주세요. |
| 기 사 | 네, 알겠습니다. |
| 이준기 | 여기에서 여의도까지 얼마나 걸려요? |
| 기 사 | 길이 막히면 한 시간쯤 걸려요. |
| | 이 시간에는 길이 막히지 않을 테니까 40분 안에 |
| | 도착할 거예요. |
| 이준기 | 네. |
| 기 사 | 아이고, 퇴근 시간이라서 길이 많이 막히는군요! |
| 이준기 | 좀 더 빠른 길은 없어요? |
| 기 사 | 조금 돌아가는 길이 있어요. 아마 이 길보다는 빠를 겁니다. |

# 이준기와 이야기하기

跟李準基聊天  請仔細聽錄音，跟李準基進行對話。

**이준기**  그럼, 빠른 길로 가 주세요.

**기 사**  네, 알겠습니다.
저기 보이는 사거리에서 우회전할까요?

**이준기**  네, 우회전하면 바로 횡단보도가 보일 거예요.
그 앞에 세워 주세요.

**기 사**  네, 알겠습니다.
어디에 세워 드릴까요?

**이준기**  저기 보이는 흰 건물 앞에 세워 주세요. 얼마예요?

**기 사**  만삼천 원입니다.

**이준기**  여기 있습니다. 감사합니다.

**기 사**  감사합니다. 안녕히 가세요.


여러분도 이준기 씨와 같이 택시를 타 보세요.


**가**  _____.

**나**  _____.

**가**  _____.

**나**  _____.

**가**  _____.

**나**  _____.

請仿照例子做會話練習。
最好和學習韓國語的朋友一起練習。

| 최지영(기사) | 손님, 어디로 갈까요? |
|---|---|
| 스 테 파 니 | 여의도로 가 주세요. |
| 최지영(기사) | 손님, 어디에서 내려 드릴까요? |
| 스 테 파 니 | KBS 앞에서 내려 주세요. |

| 질문 \ 친구 | 1) 스테파니 | 2) | 3) |
|---|---|---|---|
| 어디로 갈까요? | 여의도 | | |
| 어디에서 내려 드릴까요? | KBS 앞 | | |

 請像崔志英那樣介紹一下你的朋友。

| 최 지 영 | 스테파니 씨는 여의도에 가고 싶어 해요. |
|---|---|
| | KBS 앞에서 내릴 거예요. |

_____.

_____.

_____.

## 適合校外教學和有佛國寺的城市
### 慶州

　　一提到慶州，你最先想到的就是校外教學（學校組織的集體旅行）和佛國寺。因為慶州是非常重要的遺址觀光地，並且到了慶州一定要去的地方就是佛國寺。

　　古代韓國有高句麗、百濟、新羅三個國家。慶州是其中新羅及統一三國後的統一新羅（公元前57年到公元935年）的首都，歷經千年歲月，發展了燦爛的文化。

　　以前在某個電視節目中曾經看到，新羅人重視自然美與人類，從而使文化繁榮發展。慶州具有代表性的遺址就是佛國寺和東方最古老的天文台──瞻星台。

　　我突然有這樣一個想法。就是人們為什麼喜歡參觀遺址呢？這可能是超越時空去追求美與價值的人類的本性？東方的希臘──慶州無論何時都散髮著沉寂的魅力。

東方最古老的天文台──瞻星台 ▶

慶州最具代表性的遺址──佛國寺。

# 여보세요, 거기 퍼디 씨 댁이지요?

**喂，請問是玻蒂家吧?**

學習目標

情景
打電話（說事情）

詞彙
電話，休閒活動，文化

語法
N의 N
N(이)지요?/
A/V-지요?
N인데, V-는데
A-(으)ㄴ데

CD로 들어 보세요

| | |
|---|---|
| **최지영** | 여보세요. 거기 퍼디 씨 댁이지요? |
| **어머니** | 네, 그렇습니다. 실례지만 누구세요? |
| **최지영** | 저는 최지영입니다. 퍼디 씨의 친구예요. 퍼디 씨 계세요? |
| **어머니** | 아! 최지영 씨, 오랜만이에요. 잠시만 기다리세요. |
| **퍼 디** | 최지영 씨 안녕하세요? 저예요. |
| **최지영** | 퍼디 씨, 지난 주말에 뭐 하셨어요? |
| **퍼 디** | 친구들과 같이 《난타》를 봤는데 아주 재미있었어요. |
| **최지영** | 어머! 저도 지난달에 봤는데 아주 재미있었어요. <br> 그런데 퍼디 씨, 내일 동대문 시장에 가는데 같이 갈까요? |
| **퍼 디** | 네, 좋아요. 같이 갑시다. 내일 다시 전화하겠습니다. |

# 7-1　어휘와 표현

## 01 명사
名詞

집 [집] 家

＊난타 [난타] 韓國音樂劇《亂打》

휴일 [휴일] 假日，休息日

닭갈비 [닥깔비] 雞排

이메일 [이메일] 電子郵件

기차 [기차] 火車

침대 [침대] 床

댁 [댁] 府上（敬語）

동대문시장 [동대문시장] 東大門市場

시사회 [시사회] 首映式

초대장 [초대짱] 邀請函

남이섬 [나미섬] 南怡島

배 [배] 船

단풍 [담풍] 楓葉

＊《亂打》是以韓國傳統藝術——四物遊戲的節奏為基礎創作的音樂劇，以喜劇形式
表演了廚房裡發生的一系列事件。在弘大還有用於亂打表演的專用場館。

## 02 동사
動詞

배를 타다 [배를타다] 坐船

농구를 하다 [농구를하다] 打籃球

즐겁다 [즐겁따] 愉快，快樂

뮤지컬을 보다 [뮤지커를보다] 看音樂劇

박물관에 가다 [방물과네가다] 去博物館

기다리다 [기다리다] 等

초대장을 보내다 [초대짱을보내다] 寄邀請函

산책하다 [산채카다] 散步

눕다 [눕따] 躺

## 03 형용사
形容詞

지루하다 [지루하다] 煩人，沒意思

슬프다 [슬프다] 悲傷/傷心

괴롭다 [괴롭따] 痛苦，難受

괜찮다 [괜찬타] 可以，沒關係

무섭다 [무섭따] 可怕

쓸쓸하다 [쓸쓸하다] 冷清，淒涼

힘들다 [힘들다] 累，吃力

상쾌하다 [상쾌하다] 爽快

매력 있다[매려긷따] 有魅力　　매력 없다[매려겁따] 沒有魅力

수업이 없다[수어비업따] 沒有課

**04 기타**
其他

여보세요[여보세요] 喂（打電話時）

실례지만[실례지만/실레지만] 不好意思，打擾了

누구세요?[누구세요] 你是誰？/請問哪一位？

계세요[계세요/게세요] 在（敬語）

안 계세요[안계세요/앙게세요] 不在（敬語）

오랜만이에요[오램마니에요] 好久不見

잠시만 기다리세요[잠시만기다리세요] 請稍等

다시 전화하겠습니다[다시전화하겓씀니다] 再打電話

---

**장애음의 비음화** 響音的鼻音化

收音「ㄱ」、「ㄷ」、「ㅂ」後面與以輔音「ㄴ」、「ㅁ」開頭的音節連用時，要發音為「ㅇ」、「ㄴ」、「ㅁ」。

봤은데 ⇒ [봔는데]

ㄷ(ㅅ, ㅆ, ㅈ, ㅊ, ㅌ, ㅎ)+ㄴ ⇒ ㄴ+ㄴ

**한국말**[한:궁말]　**믿는다**[민는다]　**입는**[임는]

發音規則

# N의 N

01

리리 씨의 가방

리리 씨의 친구

情景　「有一個包，而包的主人是麗麗。」這時應該說「리리 씨의 가방이에요.」。「有一個叫史蒂芬妮的人，她和麗麗是朋友關係。」這時應該說「스테파니 씨는 리리 씨의 친구예요.」。

說明　「N1의 N2」表示前面的名詞（리리 씨）是後面名詞（가방）的所有者。像「리리 씨의 친구 스테파니（麗麗的朋友史蒂芬妮）」、「스테파니 씨의 친구 리리（史蒂芬妮的朋友麗麗）」那樣，「N1의 N2」也可以用來表示兩個人之間的關係。相當於中文的「……的……」。

＊나의 가방→내 가방（我的包），저의 친구→제 친구（我的朋友），너의 커피→네 커피（你的咖啡）

■表示所有

리리 씨의 가방이에요.

제 커피예요.

스테파니 씨의 구두예요.

■ 表示社會關係

제 친구예요.

비비엔 씨의 선생님이에요.

퍼디 씨의 누나예요.

## N(이)지요? A/V−지요?  02

情景 「有一個叫麗麗的人，我認為她是中國人，因此麗麗應該是中國人吧？」這時應該說「리리 씨, 중국사람이지요?」。「我認為百貨公司裡的東西貴，朋友也是這樣想的，對吧？」這時應該說「백화점이 비싸지요?」。

說明 「N(이)지요?」跟「중국 사람（中國人）」等名詞連用；「A/V−지요?」跟「비싸다（貴）」等形容詞或動詞連用。表示說話人向聽話人確認自己已經知道的事情。相當於中文的「……是吧？」。

앙리 씨는 프랑스 사람이지요?

퍼디 씨는 의사지요?

주말에 바다에 가지요?

아침보다 기분이 좋지요?

## :: N(이)지요?, N이었지요?/였지요? 連接方法

末音節有收音的名詞後面使用「N이지요?」；末音節沒有收音的名詞後面使用「N지요」。形成過去式時，末音節有收音的的名詞後面使用「N이었지요?」；末音節沒有收音的名詞後面使用「N였지요?」。

**有收音時＋이지요?/이었지요?：** 학생 → 학생이지요? 학생이었지요?

**沒有收音時＋지요?/였지요?：** 의사 → 의사지요? 의사였지요?

## :: A/V-지요? A/V-았/었지요? 連接方法

詞幹末音節有收音和沒有收音的形容詞、動詞後面都使用「A/V-지요?」。形成過去式時，詞幹末音節有元音「ㅏ」、「ㅗ」的形容詞、動詞後面使用「A/V-았지요?」；詞幹末音節沒有元音「ㅏ」、「ㅗ」的形容詞、動詞詞後面使用「A/V-었지요?」。

**有收音時＋지요?：** 덥다 → 덥다+지요? → 덥지요?

**沒有收音時＋지요?：** 비싸다 → 비싸다+지요? → 비싸지요?

**有元音「ㅏ」、「ㅗ」時＋았지요?：** 보다 → 보다+았지요? → 봤지요?

**沒有元音「ㅏ」、「ㅗ」時＋었지요?：** 재미있다 → 재미있다+었지요? → 재미있었지요?

# 활용 연습 1 活用練習 1

請在空格處填寫適當的內容。

| 原型 | N(이)지요? | N이었지요?/였지요? |
|---|---|---|
| 의사 | 의사지요? | 의사였지요? |
| 친구 | | |
| 선배 | | |
| 학생 | | |
| 선생님 | | |

| 原型 | A/V-지요? | A/V-았/었지요? |
|---|---|---|
| 비싸다 | 비싸지요? | 비쌌지요? |
| 아프다 | | |
| 무섭다 | | |
| 괜찮다 | | |
| 쓸쓸하다 | | |
| 힘들다 | | |
| 괴롭다 | | |

> ## N인데, V-는데, A-(으)ㄴ데 ③

情景 「明天是週末，那麼我們一起去景福宮怎麼樣？」這時應該說「내일은 주말인데 우리 같이 경복궁에 갈까요?」。「我昨天看了《亂打》，《亂打》很有意思。」這時應該說」어제 난타를 봤는데 아주 재미있었어요.」。

說明 「N인데」、「V-는데」、「A-(으)ㄴ데」就像「내일은 주말이에요 (明天是週末)」、「어제 난타를 봤어요 (昨天看了《亂打》)」那樣，表示以前面句子的內容為前提，說明後面的句子或者在後面的句子中提建議、下命令。也就是說，前面的句子是出現後面句子的背景。

내일은 주말인데 같이 난타를 볼까요?

스테파니 씨의 친구인데 스테파니 씨 계세요?

내일 명동에 가는데 같이 갑시다.

오늘 날씨가 추운데 다음 주에 만날까요?

### :: N인데, N이었는데/였는데 連接方法

末音節有收音和沒有收音的名詞後面都使用「N인데」。形成過去式時，末音節有收音的名詞後面使用「N이었는데」；末音節沒有收音的名詞後面使用「N였는데」。

**有收音時＋인데/이었는데** : 주말→ 주말인데, 주말이었는데
**沒有收音時＋인데/였는데** : 친구→ 친구인데, 친구였는데

## 활용 연습 2 活用練習 2

請在空格處填寫適當的內容。

| 原型 | N인데 | N이었는데/였는데 |
| --- | --- | --- |
| 의사 | 의사인데 | 의사였는데 |
| 학교 | | |
| 휴일 | | |
| 주말 | | |
| 시험 | | |

### :: V-는데, V-았/었는데 連接方法

詞幹末音節有收音和沒有收音的動詞後面都使用「V-는데」。形成過去式時, 詞幹末音節有元音「ㅏ」、「ㅗ」的動詞後面使用「V-았는데」；詞幹末音節沒有元音「ㅏ」、「ㅗ」的動詞後面使用「V-었는데」。

有收音時+**는데** : 먹다→ 먹다+는데→ 먹는데

沒有收音時+**는데** : 가다→ 가다+는데→ 가는데

收音是「ㄹ」時→**ㄹ+는데** : 만들다→ 만들다+는데→ 만드는데


有元音「ㅏ」、「ㅗ」時 +**았는데** : 자다→ 자다+았는데→ 잤는데

沒有元音「ㅏ」、「ㅗ」時+**었는데** : 입다→ 입다+었는데→ 입었는데

**하다→했는데** : 일하다→ 일하다+했는데→ 일했는데

收音是「ㄷ」時→**ㄹ+었는데** : 걷다→ 걷다+ㄹ었는데→ 걸었는데

收音是「ㅂ」時→**우+었는데** : 눕다→ 눕다+웠(우+었)는데→ 누웠는데


## ∷ A-(으)ㄴ데, A-았/었는데 連接方法

詞幹末音節有收音的形容詞後面使用「A-은데」；詞幹末音節沒有收音的形容詞後面使用「A-ㄴ데」。形成過去式時詞幹末音節有元音「ㅏ」、「ㅗ」的形容詞後面使用「A-았는데」；詞幹末音節沒有元音「ㅏ」、「ㅗ」的形容詞後面使用「A-었는데」。

有收音時+**은데** : 많다→ 많다+은데→ 많은데

沒有收音時+**ㄴ데** : 비싸다→ 비싸다+ㄴ데→ 비싼데

收音是「ㄹ」時→**ㄹ+는데** : 멀다→ 멀다+ㄴ데→ 먼데

收音是「ㅂ」時→**우+ㄴ데** : 춥다→ 춥다+운데→ 추운데

**~있다→~있는데** : 맛있다→ 맛있다+있는데→ 맛있는데

**~없다→~없는데** : 맛없다→ 맛없다+없는데→ 맛없는데


有元音「ㅏ」、「ㅗ」時+**았는데** : 많다→ 많다+았는데→ 많았는데

沒有元音「ㅏ」、「ㅗ」時+**었는데** : 멀다→ 멀다+었는데→ 멀었는데

以「**하다**」結尾時→**했는데** : 따뜻하다→ 따뜻하다+했는데→ 따뜻했는데

收音是「ㅂ」時→**우+었는데** : 맵다→ 맵다+웠(우+었)는데→ 매웠는데

# 활용 연습 3 活用練習 3

請在空格處填寫適當的內容。

| 原型 | V-는데 | V-았/었는데 |
|---|---|---|
| 뮤지컬을 보다 | 뮤지컬을 보는데 | 뮤지컬을 봤는데 |
| 친구를 기다리다 | | |
| 커피를 마시다 | | |
| 농구를 하다 | | |

| 原型 | A-(으)ㄴ데 | A-았/었는데 |
|---|---|---|
| 기분이 좋다 | 기분이 좋은데 | 기분이 좋았는데 |
| 학교가 멀다 | | |
| 날씨가 덥다 | | |
| 영화가 재미있다 | | |
| 돈이 없다 | | |
| 조용하다 | | |

**01** 리리 씨의 친구지요?

스테파니
리리 씨의 친구 ○

가 리리 씨의 친구지요?
나 네, 맞아요.

요즘 날씨
춥다 ✕ 따뜻하다 ○

가 요즘 날씨가 춥지요?
나 아니요, 따뜻해요.

퍼디 씨의
아버지 ○

가 _____?
나 _____.

내일
시험 ✕ 수업 ○

가 _____?
나 _____.

떡볶이가
맵다 ○

가 _____?
나 _____.

會話練習。
仿照例子做練習。

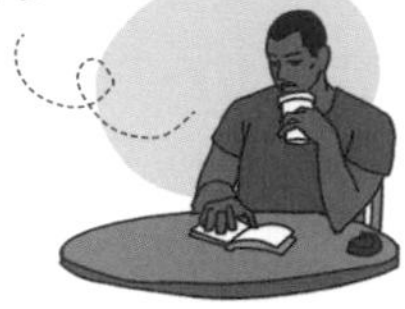
커피를 마시다 X
차를 마시다 O

가 ________________________________________?

나 ________________________________________.

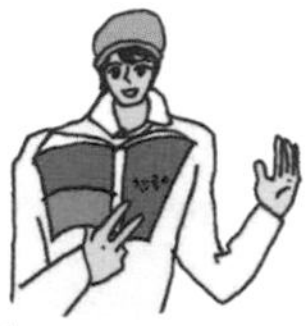
만들어 보세요.

가 ________________________________________?

나 ________________________________________.

예

일지매 팬이다 x
이준기 팬이다 o

차를 타다 x
걷다 o

요가를 하다 x
수영을 하다 o

잠을 자다 x
운동을 하다 o

록 음악을 듣다 x
한국 노래를 듣다 o

**02**     내일은 주말인데 바다에 갈까요?

내일, 주말
바다에 가다

가 스테파니 씨, 내일은 주말인데 바다에 갈까요?
나 네, 좋아요, 바다에 갑시다.

내일, 휴일
뮤지컬을 보다

가 스테파니 씨, _____?
나 _____.

오늘,
리리 씨의 생일
파티하다

가 _____, _____?
나 _____.

다음주, 시험
같이 공부하다

가 _____, _____?
나 _____.

만들어 보세요.

다음주
비비엔/생일
초대장을 보내다
...

가 _____?
나 _____.

**03**

# 오늘 오후에 동대문 시장에 가는데 같이 갈까요?

오늘 오후
동대문 시장에 가다
같이 가다

**가** 스테파니 씨, 오늘 오후에 동대문 시장에 가는데
　　같이 갈까요?
**나** 네, 좋아요, 같이 갑시다.

이번 주말
여의도에 가다
같이 가다

**가** 스테파니 씨, _____

_____?

**나** 네, 좋아요, _____.

내일
박물관에 가다
같이 가다

**가** _____, _____

_____?

**나** _____.

오늘
바쁘다
내일 만나자

**가** _____, _____

_____?

**나** _____.

## 7-3 회화 연습

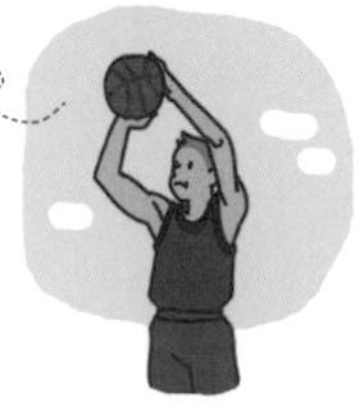

내일
수업이 없다
농구를 하다


가 ____________, ______________________

______________________________?

나 ______________________________.

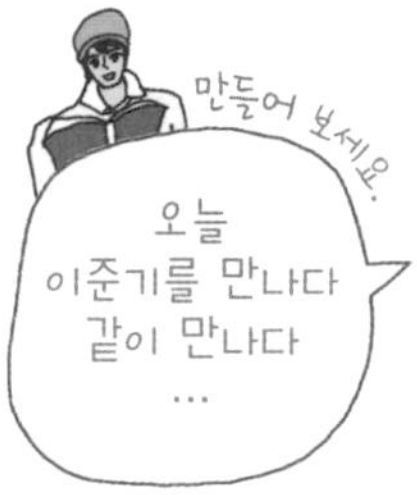

만들어 보세요.
오늘
이준기를 만나다
같이 만나다
...


가 ______________________________

______________________________?

나 ______________________________.

### 04 난타를 봤는데 재미있었어요.

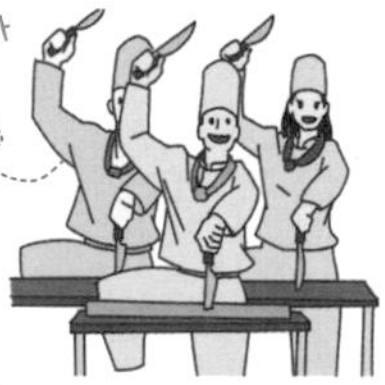

지난 주말
난타를 보다
재미있다


가 스테파니 씨, 지난 주말에 뭐 하셨어요?

나 저는 지난 주말에 난타를 봤는데 재미있었어요.

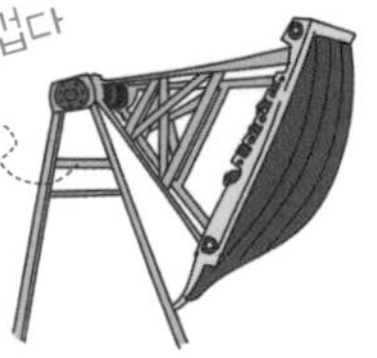

지난 주말
롯데월드에 가다
아주 즐겁다


가 리리 씨, ______________________?

나 ______________________________.

어제
영화를 보다
너무 슬프다

**가** 하즈키 씨, _____?

**나** _____.

어제
불고기를 먹다
아주 맛있다

**가** 요나단 씨, _____?

**나** _____.

**가** _____?

**나** _____.

만들어 보세요.

예

어제
만화를 보다
아주 재미있다

지난 주말
강화도에 가다
사람들이 많다

지난주
시험을 보다
아주 어렵다

오늘 아침
수영을 하다
아주 힘들다

지난 주말
가야금 공연을 보다
아주 재미있다

# 듣기 연습 聽力練習

請仔細聽 CD，然後回答問題。

**문제 1** 두 사람은 지난 주말에 뭐 했어요?

1) 준 이 치: _____

2) 스테파니: _____

**문제 2** 두 사람은 내일 같이 뭐 해요?

_____

_____

CD로 들어 보세요

# 이준기와 이야기하기

跟李準基聊天　請仔細聽錄音，跟李準基進行對話。

| 스테파니 | 여보세요. 거기 이준기 씨 댁이지요? |
| 어 머 니 | 네, 그렇습니다. 실례지만 누구세요? |
| 스테파니 | 저는 스테파니입니다. 이준기 씨의 친구예요. |
|  | 이준기 씨 계세요? |
| 어 머 니 | 아! 스테파니 씨, 오랜만이에요. 잠시만 기다리세요. |
| 이 준 기 | 스테파니 씨 안녕하세요? 저예요. |
| 스테파니 | 준기 씨, 지난 주말에 뭐 하셨어요? |
| 이 준 기 | 베이징에서 영화 촬영을 했는데 아주 힘들었어요. |
| 스테파니 | 저는 친구들과 같이 바다에 갔는데 아주 아름다웠어요. |
| 이 준 기 | 아, 그렇군요! 그런데 스테파니 씨 무슨 일이에요? |
| 스테파니 | 준기 씨, 내일은 휴일인데 뭐 하실 거예요? |
| 이 준 기 | 영화 시사회를 하는데 같이 갈까요? |
| 스테파니 | 네, 좋아요. 같이 갑시다. |

請讀下面史蒂芬妮的日記，然後寫一篇日記。

스테파니

저는 지난 주말에 비비엔이랑 벤슨하고 같이 남이섬에 갔어요.

우리는 기차와 버스, 그리고 배를 타고 남이섬에 갔어요.

우리는 남이섬에서 산책을 하고, 사진을 찍었는데 남이섬은 아주 아름다웠어요.

그리고 춘천닭갈비를 먹었는데 닭갈비는 맵지만 아주 맛있었어요.

아주 즐거운 여행이었어요. 다음에 또 가고 싶어요.

_____

_____

_____

_____

_____

_____

_____

_____

_____

## 舉辦搖滾音樂節與流行音樂節的國際都市
## 仁川

　　凡是來過韓國的人，恐怕沒有不知道仁川的。因為來到韓國的第一道門——仁川國際機場就位於這裡。仁川機場會同時給人帶來「緊張與激動」、「熟悉與舒適」的感覺。離開韓國的時候，我期待從事新的工作和遇見新的朋友，因而感覺「緊張與激動」；回到韓國的時候，我順利完成工作後回到了自己生活的地方，因而感覺「熟悉與舒服」。你的心情和我相反嗎？

　　最近，不僅是韓國的年輕人，世界各國的年輕人也紛紛湧入仁川。這不僅因為在松島有國內外著名的大學和國際學校，而且因為這裡每年夏天都會舉行韓國的「伍德斯托克搖滾音樂節」。搖滾音樂節上，年輕人爆發出的熱情為炎熱的夏天帶來涼爽，他們與吶喊的音樂人融為一體，使人們的感情得到淨化。最近，仁川也經常舉辦流行音樂節，希望世界各國的年輕人可以聚集在這裡分享各自的思想與熱情。

함께
떠나요!

到韓國的第一道門——仁川國際機場的夜景。

與吶喊的音樂家們融為一體的年輕人。

# 머리가 아프고 기침이 나요

頭疼，還咳嗽

## 08

### 學習目標

**情景**

去醫院

**詞彙**

醫院名字，疾病名，
症狀，藥的種類，
身體部位

**語法**

V-아/어도 되다
V-(으)면 안 되다

✽✽✽ 병원에서 ✽✽✽

CD로 들어 보세요

| | |
|---|---|
| **의 사** | 어디가 아프세요? |
| **요나단** | 어제부터 목이 아프고 기침이 나요. |
| **의 사** | 한 번 봅시다. 아! 목감기예요. |
| **요나단** | 오늘 저녁에 친구하고 약속이 있어요.<br>술을 미셔도 돼요? |
| **의 사** | 술을 마시면 안 돼요. 담배도 피우면 안 돼요.<br>이것은 처방전입니다. 약국에 가서 약을 받으세요. |
| **요나단** | 네, 알겠습니다. 감사합니다. |

\* \* \* 약국에서 \* \* \*

| 약 사 | 처방전을 보여 주세요. |
| 요나단 | 여기 있어요. |
| 약 사 | 요나단 씨, 감기약입니다. |
| 요나단 | 언제, 어떻게 먹어요? |
| 약 사 | 하루에 세 번 식후에 드세요. |
| 요나단 | 네, 감사합니다. |

# 어휘와 표현

**01 의료진**
醫務人員

의사[의사] 醫生  주치의[주치의/주치이] 主治醫生

약사[약싸] 藥劑師  간호사[가노사] 護士

간병인[감병인] 看護  환자[환자] 患者, 病人

**02 병원의 종류**
醫院科室

내과[내 : 꽈] 內科  안과[앙 : 꽈] 眼科

소아과[소 : 아꽈] 兒科  외과[외 : 꽈/웨 : 꽈] 外科

치과[치꽈] 牙科  이비인후과[이 : 비인후꽈] 耳鼻喉科

정형외과[정 : 형외꽈] 骨科  산부인과[삼부인꽈] 婦產科

**03 병명**
疾病名

감기[감기] 感冒  목감기[목깜기] 感冒 (症狀 : 嗓子腫痛)

코감기[코감기] 感冒 (症狀 : 鼻塞, 流鼻涕)

몸살감기[몸살감기] 傷風感冒

눈병[눈뼝] 眼疾  소화불량[소화불량] 消化不良

**04 약의 종류**
藥品種類

알약[알략] 藥片  가루약[가루약] 藥粉

캡슐[캡쓸] 膠囊  물약[물략] 藥水

안약[아 : 냑] 眼藥  파스[파스] 膏藥

물파스[물파스] 液體膏藥  반창고[반창고] OK繃

연고[영고] 軟膏  주사[주사] 打針

링거[링거] 輸液 / 點滴

**05** 증상
症狀

머리가 아프다
[머리가아프다] 頭疼

이가 아프다
[이가아프다] 牙疼

배가 아프다
[배가아프다] 肚子疼

열이 나다
[여리나다] 發燒

기침이 나다
[기치미나다] 咳嗽

메스껍다
[메스껍따] 噁心反胃

토하다
[토하다] 吐

설사를 하다
[설사를하다] 腹瀉

식욕이 없다
[시교기업따] 沒食慾

콧물이 나다
[콤무리나다] 流鼻涕

코가 막히다
[코가마키다] 鼻塞

어지럽다
[어지럽따] 暈

**감기에 걸리다**
[감기에걸리다] 感冒

**오한이 나다**
[오하니나다] 發熱惡寒

**목이 아프다**
[모기아프다] 喉嚨疼

**눈이 아프다**
[누니아프다] 眼疼

**눈물이 나다**
[눔무리나다] 流眼淚

**눈병에 걸리다**
[눔병에걸리다] 患眼疾

**피가 나다**
[피가나다] 流血

**다리가 아프다**
[다리가아프다] 腿疼

**몸살이 나다**
[몸사리나다] 傷寒·四肢痠痛

## 06 기타
其他

알약(가루약, 물약)을 먹다[알랴글먹따/가루야글먹따/물랴글먹따]
服用藥片(藥粉/膠囊/藥水)

안약을 넣다[아냐글너타] 滴眼藥水

파스(반창고)를 붙이다[파스를부치다/반창고를부치다] 貼膏藥(OK繃)

연고(물파스)를 바르다[영고를바르다/물파쓰를바르다] 抹軟膏(液體膏藥)

처방전[처방전] 處方　　　　약국[약꾹] 藥店

식전[식쩐] 飯前　　　　식후[시쿠] 飯後

돼지고기[돼지고기] 豬肉　　　피자[피자] 披薩

전시실[전시실] 陳列室　　　휴게실[휴게실] 休息室

만지다[만지다] 撫摸　　　　외출하다[외출하다] 外出

**07** 신체
부위
身體部位

| | | |
|---|---|---|
| 머리[머리] 頭 | 얼굴[얼굴] 臉 | 눈[눈] 眼睛 |
| 코[코] 鼻子 | 귀[귀] 耳朵 | 입[입] 嘴 |
| 이[이] 牙齒 | 혀[혀] 舌頭 | 목[목] 脖子 |
| 목구멍[목꾸멍] 喉嚨 | 가슴[가슴] 胸口 | 배[배] 肚子 |
| 등[등] 後背 | 어깨[어깨] 肩膀 | 팔[팔] 胳膊 / 手臂 |
| 팔꿈치[팔꿈치] 胳膊肘 | 손목[솜목] 手腕 | 손[손] 手 |
| 손바닥[솜빠닥] 手掌 | 손등[손뜽] 手背 | 손가락[송까락] 手指 |
| 손톱[손톱] 手指甲 | 다리[다리] 腿 | 무릎[무릅] 膝蓋 |
| 발목[발목] 腳踝 | 발꿈치[발꿈치] 腳後跟 | 발[발] 腳 |
| 발바닥[발빠닥] 腳掌 | 발등[발뜽] 腳背 | 발가락[발까락] 腳趾 |
| 발톱[발톱] 腳趾甲 | 허리[허리] 腰 | 엉덩이[엉덩이] 屁股 / 臀部 |
| 심장[심장] 心臟 | 폐[폐/페] 肺 | 위장[위장] 胃 |
| 맹장[맹장] 盲腸 | | |

**격음화** 送氣音化

「ㄱ」、「ㄷ」、「ㅂ」、「ㅈ」前後與「ㅎ」連用時，「ㄱ」、「ㄷ」、「ㅂ」、「ㅈ」要和「ㅎ」結合發音為「ㅋ」、「ㅌ」、「ㅍ」、「ㅊ」。

發音規則

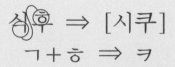

시후 ⇒ [시쿠]

ㄱ + ㅎ ⇒ ㅋ

**축하**[추카]   **백화점**[배콰점]   **특히**[트키]   **좋고**[조코]

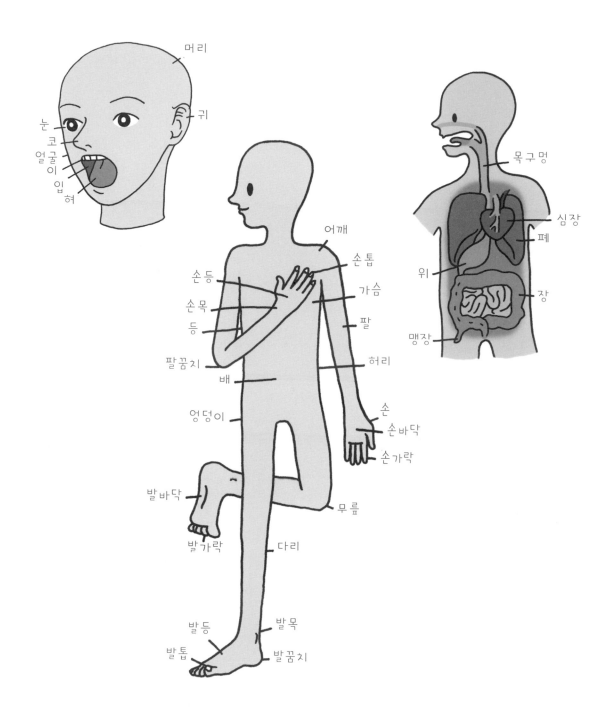

## V-아/어도 되다 01

**情景** 「我想喝咖啡，可以嗎？」這時應該說「커피를 마셔도 돼요?」。「是的，喝吧，沒關係。」這時應該說「네, 마셔도 돼요.」。

**說明** 「V-아/어도 되다」表示徵求對方的許可或者表示許可對方做某事。

커피를 마셔도 돼요?
_____

사진을 찍어도 돼요.
_____

샤워해도 돼요.
_____

:: **V-아/어도 되다** 連接方法

詞幹末音節有元音「ㅏ」、「ㅗ」的動詞後面使用「V-아도 되다」；詞幹末音節沒有元音「ㅏ」、「ㅗ」的動詞後面使用「V-어도 되다」。

**有元音「ㅏ」、「ㅗ」時＋아도 되다**：만나다 → 만나다＋아도 되다 → 만나도 되다.

**沒有元音「ㅏ」、「ㅗ」時＋어도 되다**：먹다 → 먹다＋어도 되다 → 먹어도 되다.

**~하다→~해도 되다**：운동하다 → 운동하다＋해도 되다 → 운동해도 되다.

**收音是「ㄷ」時→ㄹ＋어도 되다**：듣다 → 듣다＋ㄹ어도 되다 → 들어도 되다.

**收音是「ㅂ」時→우＋어도 되다**：줍다 → 줍다＋워(우+어)도 되다 → 주워도 되다.

# 활용 연습 1 活用練習 1

請在空格處填寫適當的內容。

| 原型 | V-아/어도 돼요? |
|---|---|
| 커피를 마시다 | |
| 술을 마시다 | |
| 돼지고기를 먹다 | |
| 테니스를 치다 | 테니스를 쳐도 돼요? |
| 담배를 피우다 | |
| 일하다 | |
| 수영하다 | |
| 사진을 찍다 | |
| 만지다 | |
| 복도에서 뛰다 | |
| 떠들다 | |
| 앉다 | |
| 눕다 | |
| 걷다 | |

## V-(으)면 안 되다　　02

情景 「我想拍照，可以嗎？」這時應該說「사진을 찍어도 돼요?」。「不，不可以拍照。」這時應該說「아니요, 사진을 찍으면 안 돼요.」。

> 아니요. 여기에서 사진을 찍으면 안 돼요.

> 여기에서 사진을 찍어도 돼요?

說明 「V-(으)면 안 되다」表示詢問對方是否禁止自己做某事或者表示禁止對方做某事。

사진을 찍으면 안 돼요.

담배를 피우면 안 돼요.

술을 마시면 안 돼요?

:: **V-(으)면 안 되다** 連接方法

詞幹末音節有收音的動詞後面使用「V-으면 안 되다」；詞幹末音節沒有收音的動詞後面使用「V-면 안 되다」。

**有收音時+으면 안 되다** : 먹다→먹다+으면 안 되다→먹으면 안 되다.

**沒有收音時+면 안 되다** : 보다→보다+면 안 되다→보면 안 되다.

**收音是「ㄹ」時+면 안 되다** : 만들다→만들다+면 안 되다→만들면 안 되다.

**收音是「ㄷ」時→ㄹ+으면 안 되다** : 듣다→듣다+ㄹ으면 안 되다→들으면 안 되다.

**收音是「ㅂ」時→우+면 안 되다** : 줍다→줍다+우면 안 되다→주우면 안 되다.

# 활용 연습 2 活用練習 2

請在空格處填寫適當的內容。

| 原型 | V-(으)면 안 돼요 |
|---|---|
| 커피를 마시다 | |
| 술을 마시다 | |
| 돼지고기를 먹다 | |
| 테니스를 치다 | |
| 담배를 피우다 | |
| 일하다 | |
| 수영하다 | |
| 사진을 찍다 | |
| 만지다 | |
| 복도에서 뛰다 | 복도에서 뛰면 안 돼요. |
| 떠들다 | |
| 앉다 | |
| 눕다 | |
| 걷다 | |

**01** 머리가 아프고 기침이 나요.

가 어디가 아프세요?
나 저는 배가 아프고 식욕이 없어요.

가 어디가 _____?
나 저는 _____.

가 _____?
나 _____.

가 _____?
나 _____.

가 _____?
나 _____.

기침이 나다
오한이 나다

가 _____?

나 _____.

눈물이 나다
눈이 아프다

가 _____?

나 _____.

이가 아프다
피가 나다

가 _____?

나 _____.

만들어 보세요.

가 _____?

나 _____.

 예

어깨가 아프다
팔이 아프다

메스껍다

코가 막히다

기침이 나다

머리가 아프다

다리가 아프다

**02** 커피를 마셔도 돼요?

가 리리 씨, 커피를 마셔도 돼요?
나 네, 커피를 마셔도 돼요.

가 리리 씨, _____?
나 네, _____.

가 _____?
나 _____.

가 _____?
나 _____.

가 _____?
나 _____.

수영하다 ○

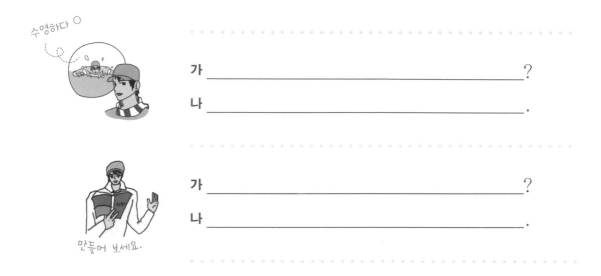

가 _____?
나 _____.

만들어 보세요.

가 _____?
나 _____.

자다 ○

예

쉬다 ○

사진을 찍다 ○

청소를 하다 ○

머리가 아프고 기침이 나요　155

**03** 사진을 찍으면 안 돼요.

가 앙리 씨, 사진을 찍어도 돼요?
나 아니요, 사진을 찍으면 안 돼요.

가 앙리 씨, _____?
나 아니요, _____.

가 _____, _____?
나 _____.

가 _____, _____?
나 _____.

가 _____, _____?
나 _____.

술을 마시다 X

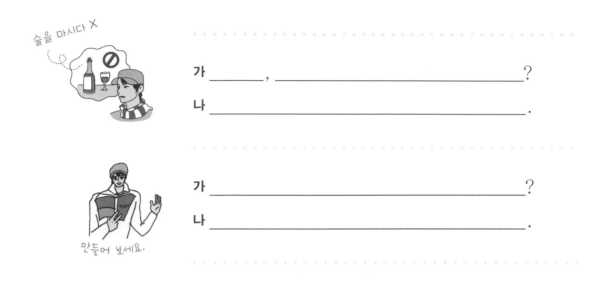

가 _____, _____?

나 _____.

가 _____?

나 _____.

만들어 보세요.

예

수영을 하다 X

산책을 하다 X

드럼을 치다 X

음악을 듣다 X

영화를 보다 X

# 듣기 연습 1 聽力練習 1

請仔細聽 CD，然後回答問題。

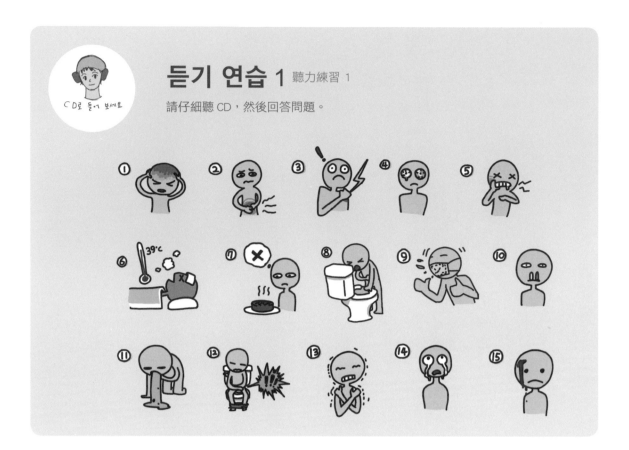

**문제** 이 사람들은 어디가 아파요? 그림에서 번호를 골라 보기와 같이 써 보세요.

| 의 사 | 어디가 아프세요? |
| --- | --- |
| 스테파니 | 저는 머리가 아프고 열이 나요. |
| 〈보 기〉 | (①, ⑥) 스테파니 씨는 머리가 아프고 열이 나요. |

1) 최지영 : ( , ) _____고 _____.

2) 요나단 : ( , ) _____고 _____.

3) 비비엔 : ( , ) _____고 _____.

4) 벤 슨 : ( , ) _____고 _____.

# 듣기 연습 2 聽力練習 2

請仔細聽 CD，然後回答問題。

**문제 1** 전시실에서 할 수 없는 것은 무엇이에요? 그림을 보고 모두 고르세요.


**문제 2** 휴게실에서 할 수 있는 것은 무엇이에요? 그림을 보고 모두 고르세요.

CD로 들어 보세요

# 이준기와 이야기하기

跟李準基聊天　請仔細聽錄音，跟李準基進行對話。

## ＊＊＊ 병원에서 ＊＊＊

**의 사** 어디가 아프세요?

**이준기** 어제부터 눈이 아프고 눈물이 나요.

**의 사** 한번 봅시다. 아! 요즘 유행하는 눈병이에요.

**이준기** 오늘 오후에 영화 촬영이 있어요.
촬영장에 가도 돼요?

**의 사** 밖에 나가면 안 돼요. 3일 정도 집에서 푹 쉬세요.
이것은 처방전입니다. 약국에 가서 약을 받으세요.

**이준기** 네, 알겠습니다. 감사합니다.


## ＊＊＊ 약국에서 ＊＊＊

**약 사** 이준기 씨, 안약입니다.
두 시간에 한 번 눈에 넣으세요.

**이준기** 네, 감사합니다.

# 연습해 보기 1 練習 1

請做醫生和患者之間的對話練習。
最好和學習韓國語的朋友一起練習。

| 팀 | 의사 | 환자 |
|---|---|---|
| 1 | 병명: 감기<br>처방전: 감기약, 하루 3번 식후 | 언제부터: 어제<br>증상: 머리가 아프다/열이 나다<br>질문: 저녁에 회식이 있다<br>(술을 마시다,　?　) |
| 2 | 병명: 유행성 눈병<br>처방전: 안약, 1시간 1번씩 | 언제부터: 아침<br>증상: 눈이 아프다/눈물이 나다<br>질문: 내일 여행을 가다<br>(운전하다,　?　) |
| 3 | 병명: 소화불량<br>처방전: 소화제, 하루 3번 식전 | 언제부터: 지난 주말<br>증상: 식욕이 없다/토하다<br>질문: 저녁에 회식이 있다<br>(돼지고기를 먹다,　?　) |
| 4 | 병명: 두통<br>처방전: 진통제, 하루 3번 식후 | 언제부터: 2시간 전<br>증상: 머리가 아프다/어지럽다<br>질문: 오후에 외출하다<br>(수영하다,　?　) |

# 연습해 보기 2 練習 2

請仿照例子做會話練習。
最好和學習韓國語的朋友一起練習。

| 의사 | 어디가 아프세요? |
|---|---|
| 환자 | 열이 나고 머리가 아파요. |
| | 선생님, 술을 마셔도 돼요? |
| 의사 | (네) 네, 드셔도 돼요. |
| | (아니요) 아니요, 술을 드시면 안 돼요. |

| 질문 　　　병명 | 몸살감기 | 소화불량 | 눈병 |
|---|---|---|---|
| 1) 술을 마시다 | × | | |
| 2) 샤워하다 | ○ | | |
| 3) 돼지고기를 먹다 | | | |
| 4) 수영하다 | | | |
| 5) 담배를 피우다 | × | | |
| 6) 아이스크림을 먹다 | | | |
| 7) 커피를 마시다 | | | |

## 晝夜不同的都市，亞洲的星光都市
## 釜山

　　釜山像雅努斯的兩張臉、晝夜好像是截然不同的城市。

　　譬如說、釜山的名勝札嘎其市場、白天粗笨而善良的慶尚道大媽在這裡為生活而忙碌；就像廣安裡大海的美麗夜景那樣，晚上這裡也有充滿浪漫氛圍與輝煌燦爛都市色彩的夜景。釜山是都市與海邊魚市場、農村共存的地方。可能正是由於這種多樣性，釜山有豬肉湯飯、種子糖餅、釜山魚糕等很多小吃、是個讓人覺得很幸福的地方。

　　但是對於演員來說、釜山更吸引人的是每年十月的第一個週四在這裡舉行的釜山國際電影節。這時的釜山變身為群星璀璨的慶典城市。觀賞韓國的明星及世界的明星走紅地毯的樣子是趣味無窮的。

　　看到在這裡走紅地毯的明星、看到關注我走紅地毯的電影人和熱愛電影的影迷、我的內心無比激動。

使釜山變身為慶典都市的釜山國際電影節。

善良的慶尚道大媽們在札嘎其市場上忙碌著。

# 미안하지만, 못 가요

不好意思，我去不了

| | |
|---|---|
| **벤 슨** | 아마니 씨, 무슨 운동을 좋아하세요? |
| **아마니** | 저는 골프를 좋아해요. |
| **벤 슨** | 우아! 저도 골프를 좋아해요.<br>아마니 씨, 골프를 잘 치세요? |
| **아마니** | 조금 쳐요. |
| **벤 슨** | 그럼, 오늘 오후에 같이 골프를 치러 갈까요? |
| **아마니** | 미안하지만, 못 가요. |
| **벤 슨** | 왜 못 가요? |
| **아마니** | 약속이 있어서 못 가요. |
| **벤 슨** | 그럼, 다음 주말에 같이 갑시다. |
| **아마니** | 네, 좋아요. |

# 어휘와 표현

**01 운동**
運動

보드[보드] 滑板  눈썰매[눈 : 썰매] 雪橇

스케이트[스케이트] 滑冰  검도[검도] 擊劍

요가[요가] 瑜伽  볼링[볼링] 保齡球

**02 동사**
**(운동)**
動詞（運動）

골프(테니스, 볼링)을/를 치다
[골프를치다/테니스를치다/볼링을치다] 打高爾夫（網球/保齡球）

스키(보드, 눈썰매, 스케이트)을/를 타다
[스키를타다/보드를타다/눈 : 썰매를타다/스케이트를타다] 滑雪/滑板/滑雪橇/滑冰

농구(야구, 태권도, 검도)을/를 하다
[농구를하다/야구를하다/태꿘도를하다/검도를하다] 打籃球/打棒球/打跆拳道/擊劍

**03 핑계**
理由

숙제가 많다[숙쩨가만타] 作業多

약속이 있다[약쏘기읻따] 有約會

늦잠을 자다[늗짜믈자다] 睡懶覺

알러지가 있다[알러지가읻따] 過敏

무섭다[무섭따] 害怕　　　　바쁘다[바쁘다] 忙

**04 이유**
理由

건강에 좋다[경강에조타] 有益健康

다이어트에 좋다[다이어트에조타] 有助於減肥

피곤하다[피곤하다] 疲勞・疲倦　　길이 막히다[기리마키다] 堵車

먹기가 편하다[먹끼가편하다] 吃起來方便

야채가 많다[야채가만타] 蔬菜多

**05** 장소
場所

스키장[스키장] 滑雪場 체육관[체육꽌] 體育館

눈썰매장[눈ː썰매장] 雪橇場 \*평창[평창] 平昌（韓國地名）

\*平昌位於韓國江原道，在這裡將舉辦2018年冬季奧運會。

**06** 기타
其他

같이[가치] 一起 미안하다[미안하다] 不好意思，對不起

왜[왜] 為什麼，怎麼 생선회[생선회] 生魚片

글쎄요[글쎄요] 嗯（態度模糊） 계획[계획/계훽] 計劃

잘[잘] 好好地 조금[조금] 稍微

연극을 보다[영그글보나] 看表演 친구를 돕다[칭구를돕따] 幫朋友

**구개음화** 腭音化

收音「ㄷ」、「ㅌ」後面和「이」、「히」連用時要發音為「지」、「치」。

$$같이 \Rightarrow [가치]$$
$$ㅌ+이 \Rightarrow 치$$

**끝이**[끄치] **해돋이**[해도지] **굳히다**[구치다]

發音規則

## V-(으)러 가다/오다 (01)

**情景** 「我明天去海邊，我去海邊的目的是游泳。」這時應該說「저는 수영하러 바다에 가요.」。「我去圖書館。我去圖書館的目的是看書。」這時應該說「저는 책을 읽으러 도서관에 가요.」。

**說明** 「V-(으)러」用於「가다（去）」、「오다（來）」、「다니다（來回）」、「나가다（出去）」、「나오다（出來）」、「들어가다（進去）」、「들어오다（進來）」等移動性動詞的前面，表示移動的目的。即表示為了達成前面句子中的目的和目標而採取後面句子中的行動。相當於中文的「去/來做……」。

리리 씨는 연극을 보러 대학로에 가요.

저는 책을 사러 서점에 가요.

스테파니 씨는 친구를 만나러 이태원에 가요.

하즈키 씨는 공연을 보러 홍대에 가요.

## :: V-으러 連接方法

詞幹末音節有收音的動詞後面使用「V–으러」；詞幹末音節沒有收音或收音是
「ㄹ」的動詞後面使用「V–러」。

**有收音時+으러** : 먹다→ 먹다+으러→ 먹으러

**沒有收音時+러** : 보다→ 보다+러→ 보러

**收音是「ㄹ」時+러** : 만들다→ 만들다+러→ 만들러

**收音是「ㅂ」時→우+러** : 줍다→ 줍다+우러→ 주우러

**收音是「ㄷ」時→ㄹ+으러** : 듣다→ 듣다+ㄹ으러→ 들으러

## 활용 연습 1 活用練習 1

請在空格處填寫適當的內容。

| 原型 | V-(으)러 가요 | 原型 | V-(으)러 가요 |
|---|---|---|---|
| 스키를 타다 | 스키를 타러 가요. | 음악을 듣다 | |
| 번지점프를 하다 | | 맥주를 마시다 | |
| 삼계탕을 먹다 | | 친구를 돕다 | |
| 수영하다 | | 태권도를 배우다 | |
| 김치를 담그다 | | 책을 읽다 | |
| 옷을 사다 | | 공연을 보다 | |

## A/V-아/어서 　02

오늘은 숙제가 많아서 축구를 못해요.

情景　「今天有很多作業，因此不能去踢足球。」這時應該說「오늘 숙제가 많아서 축구를 못 해요.」。「乳酪很好吃，因此我喜歡披薩。」這時應該說「치즈가 맛있어서 피자를 좋아해요.」。

說明　「A/V-아/어서」表示前面的句子是後面句子的原因、理由。相當於中文的「因為……所以」。

오늘은 숙제가 많아서 못 가요.

───────────────────

매워서 못 먹어요.

───────────────────

따뜻해서 봄을 좋아해요.

───────────────────

:: **A/V-아/어서** 連接方法

詞幹末音節有元音「ㅏ」、「ㅗ」的動詞和形容詞後面使用「V-아서」；詞幹末音節沒有收音「ㅏ」、「ㅗ」的動詞和形容詞後面使用「A-어서」。

有元音「ㅏ」、「ㅗ」時+아서：만나다→ 만나다+아서→ 만나서

沒有元音「ㅏ」、「ㅗ」時+어서：먹다→ 먹다+어서→ 먹어서

~하다→~해서：따뜻하다→ 따뜻하다+해서→ 따뜻해서

收音是「ㄷ」時→ㄹ+어서 : 묻다→묻다+ㄹ어서→물어서

收音是「ㅂ」時→우+어서 : 덥다→덥다+워(우+어)서→더워서

## 활용 연습 2 活用練習 2

請在空格處填寫適當的內容。

| 原型 | A/V-아/어서 |
|------|-----------|
| 손님이 오다 | 손님이 와서 |
| 술을 마시다 | |
| 감기에 걸리다 | |
| 늦잠을 자다 | |
| 길이 막히다 | |
| 맵다 | |
| 짧다 | |
| 줍다 | |
| 길다 | |
| 걷다 | |
| 조용하다 | |

**01** 감기에 걸려서 못 왔어요.

어제 학교에 안 오다
감기에 걸리다

**가** 리리 씨, 어제 왜 학교에 안 왔어요?
**나** 저는 어제 감기에 걸려서 못 왔어요.

어제 축구를 안 하다
다리가 아프다

**가** 준이치 씨, _____?
**나** _____.

오늘 영화를 안 보다
숙제가 많다

**가** 앙리 씨 , _____?
**나** _____.

주말에 롯데월드에 안 가다
바쁘다

**가** 이준기 씨, _____?
**나** _____.

어제 수영을 안 하다
감기에 걸리다

**가** 벤슨 씨 , _____?
**나** _____.

오늘 밥을 안 먹다
배가 아프다

**가** 리리 씨, _____?

**나** _____.

**가** _____?

**나** _____.

만들어 보세요.

아침에 안 오다
늦잠을 자다

예

이준기
오늘 촬영을 안 하다
몸이 아프다

오늘 숙제를 안 하다
친구들과 늦게까지 놀다

아까 안 기다리다
수업이 있다

어제 약속시간에 안 오다
길이 너무 막히다

**02** 쇼핑하러 행복마트에 가요.

쇼핑하다
행복마트에 가다

가 하즈키 씨, 어디에 가세요?
나 저는 쇼핑하러 행복마트에 가요.

커피를 마시다
카페에 가다

가 하즈키 씨, _____?
나 저는 _____.

검도하다
검도장에 가다

가 _____ , _____?
나 _____.

불고기를 먹다
식당에 가다

가 _____ , _____?
나 _____.

스키를 타다
스키장에 가다

가 _____ , _____?
나 _____.

태권도를 하다
태권도장에 가다

가 _____ , _____?
나 _____.

만들어 보세요.

가 _____?
나 _____.

예

친구를 만나다
학교에 가다

콘서트 보다
콘서트장에 가다

공부하다
도서관에 가다

쇼핑하다
동대문 시장에 가다

도서관

미안하지만, 못 가요    **175**

# 듣기 연습 聽力練習

請仔細聽 CD，然後回答問題。

**문제 1** 두 사람은 무슨 운동을 좋아해요?

**문제 2** 두 사람은 왜 이번 주에 같이 수영하러 안 가요?

**문제 3** 두 사람은 언제 같이 수영하러 가요?

CD로 들어 보세요

# 이준기와 이야기하기 1

跟李準基聊天 1 請仔細聽錄音，跟李準基進行對話。

**이준기**　리리 씨, 이번 주말에 뭐 할 거예요?

**리 리**　글쎄요! 아직 계획이 없어요. 이준기 씨는요?

**이준기**　저는 스키를 타러 평창에 갈 거예요.

**리 리**　우아! 이준기 씨 스키를 잘 타세요?

**이준기**　그냥, 조금 타요. 리리 씨도 스키를 좋아하세요?

**리 리**　네, 저도 스키를 좋아해요.

**이준기**　그럼, 리리 씨도 이번 주말에 같이 갈까요?

**리 리**　미안하지만, 이번 주말에는 못 가요.

**이준기**　왜요?

**리 리**　다리가 아파서 스키를 못 타요.

**이준기**　그럼, 다음 주말에 같이 갑시다.

**리 리**　네, 좋아요.

CD로 들어 보세요

# 이준기와 이야기하기 2

跟李準基聊天 2  請仔細聽錄音，跟李準基進行對話。

**이준기**　제 이름은 이준기예요. 저는 한국 사람이에요.

요즘 영화 촬영을 하고 있어요.

저는 불고기를 아주 좋아해요.

불고기는 비싸지만 맛있어서 좋아해요.

저는 따뜻해서 봄을 좋아하고,

맛있어서 사과를 좋아해요.

그리고 건강에 좋아서 태권도를 아주 좋아해요.

하지만 요즘 바빠서 자주 못 해요.

이번 주말에는 태권도를 하러 태권도장에 갈 거예요.

그리고 친구를 만나러 부산에 갈 거예요.

부산에서 친구하고 같이 생선회를 먹을 거예요.

CD로 들어 보세요

# 이준기와 이야기하기 2

跟李準基聊天 2 請仔細聽錄音，跟李準基進行對話。

**비비엔**　제 이름은 비비엔이에요. 저는 독일 사람이에요.

한국대학교에서 한국어를 공부하고,

DK스키장에서 스키를 가르쳐요.

저는 비빔밥을 아주 좋아해요.

비빔밥은 맵지만 야채가 많아서 좋아해요.

저는 눈이 와서 겨울을 좋아해요.

먹기가 편해서 바나나를 좋아해요.

그리고 다이어트에 좋아서 수영을 아주 좋아해요.

하지만 요즘 바빠서 자주 못 해요.

이번 주말에는 수영하러 수영장에 갈 거예요.

그리고 친구를 만나러 명동에 갈 거예요.

명동에서 친구하고 같이 무서운 영화를 볼 거예요.

# 연습해 보기 練習

請仿照例子做會話練習。
最好和學習韓國語的朋友一起練習。

| 최 지 영 | 스테파니 씨, 무슨 운동을 좋아하세요? |
|---|---|
| 스테파니 | 저는 야구를 좋아해요. |
| 최 지 영 | 왜 야구를 좋아하세요? |
| 스테파니 | 저는 재미있어서 야구를 좋아해요. |

| 질문 ＼ 친구 | 1) 스테파니 | 2) | 3) |
|---|---|---|---|
| 1) 무슨 운동 | 야구/재미있다 | | |
| 2) 무슨 과일 | 바나나/맛있다 | | |
| 3) 무슨 음식 | 김밥/맛있다 | | |
| 4) 무슨 계절 | 가을/단풍이 예쁘다 | | |
| 5) 누구 | 이준기/잘생기다 | | |

 請像崔志英那樣介紹一下你的朋友。

| 최 지 영 | 스테파니 씨는 재미있어서 야구를 좋아해요. |
|---|---|
| | 그리고 맛있어서 바나나와 김밥을 좋아하고, |
| | 단풍이 예뻐서 가을을 좋아해요. |
| | 그리고 잘생겨서 이준기를 좋아해요. |

豐山柳氏代代居住的地方
安東河回村

　　相同姓氏的人聚居的地方就是「集姓村」。安東河回村就是豐山柳氏代代居住的「豐山柳氏集姓村」。在很久很久以前，有相同姓氏的親戚聚在同一個村子裡生活的習俗。但是，最近因為學習或者工作，一家人都很難在一起生活。由此可見，安東河回村是一個多麼寶貴的地方。

　　這裡的茅草屋和瓦片屋頂的古宅都留下了歲月的痕跡。往開著門的古宅裡看一下，有時會看到人們來到院子裡跳假面舞。看到帶著笑臉假面跳舞的這些人們，你的心情會變得很輕鬆。可以撫慰你受傷的身心。

　　以前，聽說豐山柳氏的祖先們為了在這個村子裡安家落戶，曾經向過路的行人分發過食物、路費和草鞋。雖然這只是傳說，但或許因為這裡的村民心地都非常善良。一九九九年，英國女王伊麗莎白二世曾來此訪問，這使得河回村更加聲名大振。這裡也因為是韓流巨星柳時元的家鄉而聞名於世。

在古宅裡跳河回假面舞的人們。

함께
떠나요！

우리 탐께
열심히
공부해 봐요 !

# 노란 원피스를 입고 있는 사람이에요

是穿著黃色連身洋裝的人

10

學習目標

情景
談論穿著

詞彙
顏色，衣服的種類，飾品，
表穿戴的動詞

語法
V-고 있다
V-는 N

| | | |
|---|---|---|
| **이준기** | 비비엔 씨, 이 사진은 뭐예요? | |
| **비비엔** | 이 사람들은 모두 제 친구들이에요. | |
| | 지난주에 스테파니 씨의 생일 파티에서 찍은 사진이에요. | |
| **이준기** | 우아! 여기 파란 티셔츠를 입고 꽃무늬 넥타이를 | |
| | 매고 있는 사람은 누구예요? | |
| **비비엔** | 아! 그 사람은 앙리 씨예요. | |
| **이준기** | 아, 그렇군요! 그런데 스테파니 씨는 어디에 있어요? | |
| **비비엔** | 여기 노란 원피스를 입고 있는 사람이에요. | |
| **이준기** | 와! 스테파니 씨에게 노란색이 잘 어울리는군요! | |
| **비비엔** | 네, 아주 예쁘지요! | |

**01** 형용사
(색깔)

形容詞(顔色)

| | |
|---|---|
| 파랗다[파라타] 藍色的 | 노랗다[노라타] 黃色的 |
| 빨갛다[빨가타] 紅色的 | 하얗다[하야타] 白色的 |
| 까맣다[까마타] 黑色的 | 새빨갛다[새빨가타] 鮮紅色的 |

**02** 옷

衣服

| | |
|---|---|
| 넥타이[넥타이] 領帶 | 스카프[스카프] 頭巾 |
| 목도리[목또리] 圍巾 | 양복[양복] 西裝 |
| 정장[정장] 正裝 | 원피스[웜피스] 連身洋裝 |
| 티셔츠[티셔츠] T恤 | 와이셔츠[와이셔츠] 紅襯衫 |
| 블라우스[브라우스] 女式襯衫 | 스웨터[스웨터] 毛衣 |
| 치마[치마] 裙子 | 바지[바지] 褲子 |
| 양말[양말] 襪子 | 스타킹[스타킹] 長筒襪 |
| 레깅스[레깅스] 內搭褲 | 청바지[청바지] 牛仔褲 |
| 자켓[자켇] 夾克 | 코트[코트] 外套 |
| 모자[모자] 帽子 | 장갑[장갑] 手套 |
| 상의[상이] 上衣 | 하의[하이] 下半身服裝 |

**03** 악세
서리류

飾品

| | |
|---|---|
| 목걸이[목꺼리] 項鏈 | 귀걸이[귀거리] 耳環 |
| 반지[반지] 戒指 | 팔찌[팔찌] 鐲子 |
| 발찌[발찌] 腳鏈 | 머리핀[머리핀] 髮夾 |
| 머리띠[머리띠] 髮帶 | 허리띠[허리띠] 腰帶 |

| **04** 동사<br>動詞 | 옷(정장, 원피스, 상의, 하의)을/를 입다<br>[오스립따/정장으립따/웜피스르립따/상이르립따/하이르립따]<br>穿衣服(正裝/連身洋裝/上衣/下衣) |
|---|---|
| | 장갑(반지)을 끼다 [장가블끼다/반지를끼다] 戴手套(戒指) |
| | 모자를 쓰다 [모자를쓰다] 戴帽子 |
| | 양말(스타킹, 신발)을 신다<br>[양마를신따/스타킹을신따/신바를신따] 穿襪子(長筒襪/鞋) |
| | 목도리(스카프)를 하다 [목또리를하다/스카프를하다] 戴圍巾(頭巾) |
| | 악세서리를 하다 [악쎄서리를하다] 戴飾品 |
| | 넥타이를 매다 [넥타이를매다] 打領帶 |
| | 가방을 들다/메다 [가방을들다/가방을메다] 提包/背包 |

| **05** 기타<br>其他 | 어울리다 [어울리다] 適合 | 꽃무늬 [꼰무니] 花紋 |
|---|---|---|
| | 줄무늬 [줄무니] 條紋 | 물방울무늬 [물빵울무니] 豹紋 |

---

「의」의 발음 「의」的發音

元音「ㅢ」前面是除「ㅇ」以外的其他輔音時,「ㅢ」發音為「ㅣ」。

$$꽃무늬 ⇒ [꼰무니]$$
$$ㄴ + ㅢ ⇒ 늬$$

**희망** [히망]    **하늬바람** [하니바람]    **띄어쓰기** [띠어쓰기]

비비엔 씨는 빨간 원피스를 입고 있어요.

情景 「維維安早上穿上了紅色連身洋裝,並且一直沒有脫掉。」這時應該說「비비엔 씨는 빨간 원피스를 입고 있어요.」。「維維安早上戴上了黃色帽子,並且一直沒有摘掉。」這時應該說「비비엔 씨는 노란 모자를 쓰고 있어요.」。

說明 「V–고 있다」主要用於「입다(穿衣服)」、「신다(穿鞋)」、「쓰다(戴帽子/眼鏡)」、「끼다(戴戒指)」、「하다(戴飾品)」、「매다(打領帶)」等表示穿戴的動詞後面,表示穿戴的狀態一直保持下去。相當於中文的「穿著/戴著……」。

리리 씨는 노란 원피스를 입고 있어요.

벤슨 씨는 파란 모자를 쓰고 있어요.

스테파니 씨는 반지를 끼고 있어요.

:: **V-고 있다** 連接方法

詞幹末音節有收音和沒有收音的動詞後面都使用「V–고 있다」。

**有收音時+고 있다**:입다→입다+고 있다→입고 있다.

**沒有收音時+고 있다**:끼다→끼다+고 있다→끼고 있다.

# 활용 연습 1 活用練習 1

請在空格處填寫適當的內容。

| 原型 | V-고 있다 |
|------|----------|
| 양복을 입다 | 양복을 입고 있다. |
| 원피스를 입다 | |
| 모자를 쓰다 | |
| 구두를 신다 | |
| 양말을 신다 | |
| 넥타이를 매다 | |

| 原型 | V-고 있다 |
|------|----------|
| 반지를 끼다 | 반지를 끼고 있다. |
| 팔찌를 하다 | |
| 장갑을 끼다 | |
| 목걸이를 하다 | |
| 안경을 쓰다 | |
| 가방을 들다 | |

V–는 N 　02

영화를 보는
사람이에요.

情景 「有一個人，那個人在看電影。」這時應該說「영화를 보는 사람」。「有一個人，那個人在吃香蕉。」這時應該說「바나나를 먹는 사람」。

說明 「V–는 N」前面與「보다 (看)」、「먹다 (吃)」等動詞連用，表示這些動詞所指的動作現階段正在進行，用來修飾後面出現的名詞。

리리 씨는 저기에서 커피를 마시는 사람이에요.

비비엔 씨는 빨간 원피스를 입고 있는 사람이에요.

지금은 숙제를 하는 시간이에요.

∷ V–는 N 連接方法

詞幹末音節有收音和沒有收音的動詞後面都使用「V–는 N」。詞幹末音節的收音是「ㄹ」時，要去掉「ㄹ」後再加「V–는 N」。

**有收音時+는 N：**

바나나를 먹다/사람 → 바나나를 먹ᄃᆞ+는 사람 → 바나나를 먹는 사람

沒有收音時+는 N：영화를 보다/사람→ 영화를 보다+는 사람→ 영화를 보는 사람
收音是「ㄹ」時 ㄹ+는 N：케이크를 만들다/시간→케이크를 만들다+는 시간→
　　　　　　　　　케이크를 만드는 시간

# 활용 연습 2 活用練習 2

請在空格處填寫適當的內容。

| 原型 | V-는 N |
| --- | --- |
| 영화를 보다/사람 | 영화를 보는 사람 |
| 잠을 자다/시간 | |
| 마시다/커피 | |
| 좋아하다/운동 | |
| 못 먹다/음식 | |
| 일어나다/시간 | |
| 부산에 가다/버스 | |
| 서 있다/사람 | |
| 호떡을 팔다/사람 | |

**회화 연습**

**01** 노란 원피스를 입고 있어요.

．．．．．．．．．．．．．．．．．．．．．．．．．．．．．．．．．．．．．．．

**가** 리리 씨가 누구예요?
**나** 리리 씨는 노란 원피스를 입고 있어요.

．．．．．．．．．．．．．．．．．．．．．．．．．．．．．．．．．．．．．．．

**가** 스테파니 씨가 ＿＿＿＿＿＿＿＿＿＿＿＿？
**나** ＿＿＿＿＿＿＿＿＿＿＿＿＿＿＿．

．．．．．．．．．．．．．．．．．．．．．．．．．．．．．．．．．．．．．．．

**가** 아마니 씨가 ＿＿＿＿＿＿＿＿＿＿＿＿？
**나** ＿＿＿＿＿＿＿＿＿＿＿＿＿＿＿．

．．．．．．．．．．．．．．．．．．．．．．．．．．．．．．．．．．．．．．．

**가** 벤슨 씨가 ＿＿＿＿＿＿＿＿＿＿＿＿？
**나** ＿＿＿＿＿＿＿＿＿＿＿＿＿＿＿．

．．．．．．．．．．．．．．．．．．．．．．．．．．．．．．．．．．．．．．．

**가** 준이치 씨가 ＿＿＿＿＿＿＿＿＿＿＿＿？
**나** ＿＿＿＿＿＿＿＿＿＿＿＿＿＿＿．

．．．．．．．．．．．．．．．．．．．．．．．．．．．．．．．．．．．．．．．

가 하즈키 씨가 _____?

나 _____.

가 _____?

나 _____.

만들어 보세요.

아마니
장갑을
끼다

스테파니
파란 구두를
신다

리리
노란 원피스를
입다

예

벤슨
줄무늬 셔츠를
입다

하즈키
빨간 모자를
쓰다

준이치
큰 가방을
메다

**02** 리리 씨가 먹는 과일은 사과예요.

과일
사과를 먹다

가 리리 씨가 먹는 과일이 뭐예요?
나 리리 씨가 먹는 과일은 사과예요.

커피
카푸치노를
마시다

가 스테파니 씨가 _____ 커피가 뭐예요?
나 _____.

노래
한국 노래를
부르다 ♬♪

가 벤슨 씨가 _____?
나 _____.

버스
8000번 버스를
기다리다
BUS

가 하즈키 씨가 _____?
나 _____.

드라마
〈아랑사또전〉을
보다

가 비비엔 씨가 _____?
나 _____.

會話練習。
仿照例子做練習。

음악
K-POP을
듣다

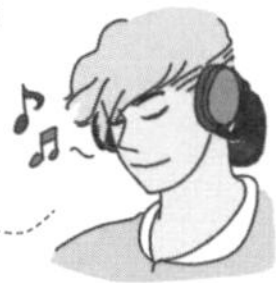

가 앙리 씨가 ______________________________?

나 ______________________________________.

운동
골프를
좋아하다

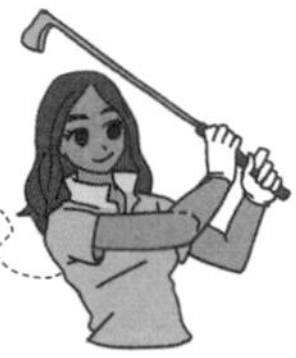

가 아마니 씨가 ____________________________?

나 ______________________________________.

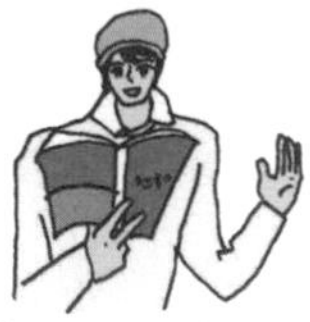

만들어 보세요.

가 ______________________________________?

나 ______________________________________.

예

| | | |
|---|---|---|
| 이준기, 음식<br>보쌈을<br>먹다 | 이준기, 노래<br>*〈한마디만〉을<br>부르다 | 이준기, 드라마<br>*〈아랑사또전〉을<br>촬영하다 |

*〈一句話〉是李準基專輯中的歌曲。

*《阿娘使道傳》是李準基主演的電視劇。

**03** 리리 씨가 먹는 사과는 맛있어요.

사과를 먹다
맛있다

가 리리 씨가 먹는 사과는 어때요?
나 리리 씨가 먹는 사과는 맛있어요.

커피를 마시다
뜨겁다

가 스테파니 씨가 _____ 커피가 어때요?
나 _____.

영화를 보다
슬프다

가 비비엔 씨가 _____?
나 _____.

학교에 다니다
멀다

가 아마니 씨가 _____?
나 _____.

친구를 만나다
예쁘다

가 요나단 씨가 _____?
나 _____.

會話練習。
仿照例子做練習。

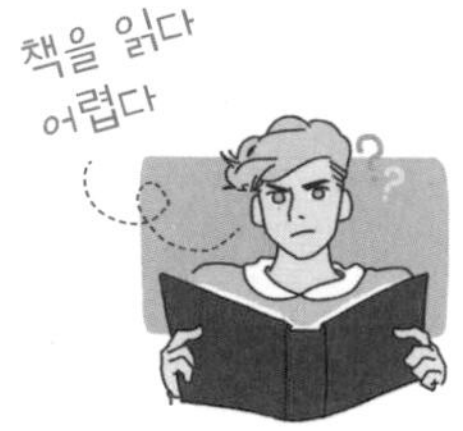
책을 읽다
어렵다

**가** 앙리 씨가 ______________________?

**나** ______________________.

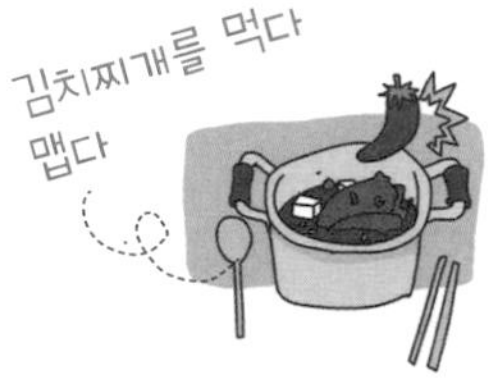
김치찌개를 먹다
맵다

**가** 퍼디 씨가 ______________________?

**나** ______________________.

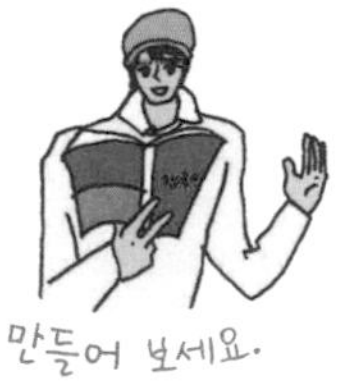
만들어 보세요.

**가** ______________________?

**나** ______________________.

예

이준기를
좋아하다
멋있다

이준기가
드라마를 촬영하다
재미있다

이준기가
도시락을 먹다
맛있다

# 듣기 연습 1

聽力練習 1

請仔細聽 CD，
然後回答問題。

**문제** 그림에 친구들의 이름을 쓰세요.

# 듣기 연습 2

聽力練習 2

請仔細聽 CD，
然後回答問題。

**문제** 그림에 친구들의 이름을 쓰세요.

CD로 들어 보세요

# 이준기와 이야기하기

跟李準基聊天　請仔細聽錄音，跟李準基進行對話。

**하즈키**　이 사람들은 모두 누구예요?

**이준기**　이 사람들은 모두 제 친구들이에요.

**하즈키**　우아! 여기 꽃무늬 원피스를 입고 있는 사람은 누구예요?

**이준기**　그 사람은 스테파니 씨예요.

**하즈키**　청바지를 입고 있고 빨간 티셔츠를 입고 있는 사람은
　　　　　누구예요?

**이준기**　그 사람은 비비엔 씨예요. 청바지가 아주 잘 어울리지요?

**하즈키**　네. 여기 까만 양복을 입고 있는 사람은 누구예요?

**이준기**　안경을 쓰고 있는 사람요? 그 사람은 준이치 씨예요.

**하즈키**　아! 그런데 이준기 씨는 어디에 있어요?

**이준기**　저는 스테파니 씨 옆에 노란 티셔츠를 입고 있는
　　　　　사람이에요.

**하즈키**　우아! 이준기 씨는 정말 멋있어요!

# 연습해 보기 1 練習 1

請仿照例子做會話練習。
最好和學習韓國語的朋友一起練習。

최 지 영　　스테파니 씨, 좋아하는 운동이 뭐예요?
스테파니　　제가 좋아하는 운동은 요가예요.

| 질문 ＼ 친구 | 1) 스테파니 | 2) | 3) |
|---|---|---|---|
| 1) 좋아하는 운동 | 요가 | | |
| 2) 좋아하는 과일 | 바나나 | | |
| 3) 못 먹는 음식 | 떡볶이 | | |
| 4) 좋아하는 가수 | 지드래곤 | | |
| 5) 싫어하는 계절 | 여름 | | |

 請像崔志英那樣介紹一下你的朋友。

최 지 영　　스테파니 씨가 좋아하는 운동은 요가예요.
　　　　　　좋아하는 과일은 바나나예요.
　　　　　　그리고 못 먹는 음식은 떡볶이예요.
　　　　　　떡볶이는 매워서 못 먹어요.
　　　　　　그리고 좋아하는 가수는 지드래곤이에요.
　　　　　　싫어하는 계절은 여름이에요.

# 연습해 보기 2 練習 2

請讀下面的文字，然後仔細想一下，
並把想到的內容寫下來。

친구들은 지금 어떤 옷을 입고 있어요?
「V-고 있는 사람」을 사용하여 친구들의 옷차림을 설명해 보세요.

　　　이 사람들은 모두 제 친구들이에요.
　　　노란 원피스를 입고 있는 사람은 스테파니 씨예요.

_____

_____

_____

_____

_____

_____

_____

_____

_____

_____

## 歷史題材電視劇和電影的拍攝地
## 韓國民俗村

「朝鮮時代的人是怎麼生活的呢？」

韓國民俗村，你就會想到拉著爸爸媽媽的手，用充滿好奇的眼睛看遍民俗村角角落落的小孩子們。民俗村再現了李氏朝鮮時代後期（十九世紀）人們的生活情況，因此在這裡可以遇到來體驗李氏朝鮮時代生活的小孩子們和他們的父母。這也從一個方面反映出韓國父母對子女教育的熱衷。

如果你看過韓國歷史題材的電視劇，那麼就會對民俗村非常熟悉。幾乎所有的韓國歷史題材電視劇和電影都在這裡拍攝。從《王的男人》到最近的《阿娘使道傳》，我演過很多歷史題材的電視劇和電影，因此對這裡懷有很深的感情。這裡到處都有我的回憶。

民俗村裡還經常舉行農樂、踩繩子、傳統婚禮等活動，像在舉辦宴會似的非常熱鬧。咱們以此為背景拍照吧。照片中在陌生地方的你一定不會顯得很突兀的。不管怎麼樣，在有特色的地方拍出來的照片都不錯。

함께
떠나요!

再現李氏朝鮮時代人們生活狀況的韓國民俗村的道路。

民俗村農樂演奏的一個場景。

# 날씨가 추워졌어요 天氣變冷了

# 11

### 學習目標

**情景**
表達變化

**詞彙**
場所，變化

**語法**
A-아/어지다
N1보다 N2
A/V-(으)ㄹ 때
A/V-았/었을 때

| | |
|---|---|
| **퍼 디** | 최지영 씨, 오늘 너무 춥지요? |
| **최지영** | 네, 어제보다 많이 추워졌어요. |
| **퍼 디** | 이럴 때 스키를 타면 좋겠어요. |
| **최지영** | 그럼, 이번 주말에 같이 스키를 타러 갈까요? |
| **퍼 디** | 네, 좋아요. 그런데 최지영 씨는 스키를 잘 타세요? |
| **최지영** | 아니요, 저는 무서워서 잘 못 타요. |
| **퍼 디** | 저도 어렸을 때는 무서워서 잘 못 탔지만 자꾸 타니까 실력이 늘었어요. |
| **최지영** | 그럼, 이번 주말에 퍼디 씨가 좀 가르쳐 주세요. |
| **퍼 디** | 네, 좋아요. |

# 어휘와 표현

**01 장소**
場所

| | |
|---|---|
| 빌딩 [빌딩] 建築物，大廈 | 가게 [가게] 小商店 |
| 대형마트 [대형마트] 商場 | 식당 [식땅] 食堂，飯館 |
| 레스토랑 [레스토랑] 餐廳，飯館 | 공터 [공터] 空地 |
| 체육관 [체육꽌] 體育館 | 김밥집 [김밥찝] 紫菜包飯店 |
| 놀이터 [노리터] 遊樂場 | 광장 [광장] 廣場 |
| 벼룩시장 [벼룩씨장] 跳蚤市場 | 노래방 [노래방] KTV |
| 주점 [주점] 酒館 | *북카페 [북카페] 圖書咖啡館 |
| 길거리 [길꺼리] 大街，街道 | 소극장 [소극짱] 小劇場 |

＊最近，韓國出現了很多可以邊看書邊喝咖啡的咖啡館。

**02 형용사**
形容詞

| | |
|---|---|
| 길다 [길다] 長 | 짧다 [짤따] 短 |
| 복잡하다 [복짜파다] 複雜，雜亂 | 어리다 [어리다] 幼小，年輕 |
| 뚱뚱하다 [뚱뚱하다] 胖 | 날씬하다 [날씬하다] 苗條 |
| 높다 [놉따] 高 | 심심하다 [심시마다] 無聊 |
| 착하다 [차카다] 善良，乖巧 | 나쁘다 [나쁘다] 壞，不好 |
| 남자답다 [남자답따] 有男子漢氣概的 | |
| 기분이 좋다/나쁘다 [기부니조타/기부니나쁘다] 心情好/不好 | |
| 실력이 늘다 [실려기늘다] 實力提高 | |
| 매출이 늘다/줄다 [매추리늘다/매추리줄다] 銷量增加/減少 | |

**03 동사**
動詞

| | |
|---|---|
| 생기다 [생기다] 發生，出現 | 비교하다 [비교하다] 比較 |
| 수다를 떨다 [수다를떨다] 囉嗦，嘮叨 | |

싸우다[싸우다] 吵架，打架　　헤어지다[헤어지다] 分開，分手

군대 가다[군대가다] 參軍／當兵

## 04 기타
其他

| | |
|---|---|
| 이럴 때[이럴때] 這時 | 자꾸[자꾸] 總是，頻繁 |
| 실력[실력] 程度，實力 | 많이[마니] 多，不少 |
| 그대로[그대로] 原封不動，就那樣 | 올해[올해] 今年 |
| 작년[장년] 去年 | 교통[교통] 交通 |
| 도시[도시] 城市 | 자동차[자동차] 汽車 |
| 길[길] 路 | 거리[거리] 大街，街道 |
| 휴대폰[휴대폰] 手機 | 공중전화[공중전화] 公用電話 |
| 고향[고향] 家鄉 | 마을[마을] 村莊 |

---

發音規則

### 경음화 緊音化

收音「ㅂ」後面與以輔音「ㄱ」、「ㄷ」、「ㅂ」、「ㅅ」、「ㅈ」開頭的音節連用時，輔音「ㄱ」、「ㄷ」、「ㅂ」、「ㅅ」、「ㅈ」發音為「ㄲ」、「ㄸ」、「ㅃ」、「ㅆ」、「ㅉ」。

춥지요 ⇒ [춥찌요]

ㅂ + ㅈ ⇒ ㅂ + ㅉ

맵고[맵꼬]　답답해요[답따패요]　밥상[밥쌍]　답보[답뽀]

# 문법

## A-아/어지다

01

情景「我去年變胖了，因此每天都運動，現在變得很苗條了。」這時應該說「날씬해졌어요.」。「一月零下12度，天氣非常冷；二月0度，天氣稍微有點冷；現在三月零上10度，啊天氣變得暖和了啊！」這時應該說「날씨가 따뜻해졌어요.」。

說明「A-아/어지다」跟「날씬하다（苗條）」、「따뜻하다（暖和）」等形容詞連用，表示狀態的變化。相當於中文的「變得……」。

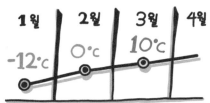

날씨가 추워졌어요.

리리 씨가 뚱뚱해졌어요.

키가 커졌어요.

기분이 좋아졌어요.

## ∷ A-아/어지다 連接方法

詞幹末音節有元音「ㅏ」、「ㅗ」的形容詞後面使用「A-아지다」；詞幹末音節
沒有元音「ㅏ」、「ㅗ」的形容詞後面使用「A-어지다」。

**有元音「ㅏ」、「ㅗ」時+아지다**：많다→ 많다+아지다→ 많아지다.

**沒有元音「ㅏ」、「ㅗ」時+어지다**：재미있다→ 재미있다+어지다→ 재미있어지다.

**~하다→~해지다**：따뜻하다→ 따뜻하다+해지다→ 따뜻해지다.

**收音是「ㅂ」時→우+어지다**：춥다→ 춥다+워(우+어)지다→ 추워지다.

# 활용 연습 1 活用練習 1

請在空格處填寫適當的內容。

| 原型 | A-아/어졌어요 | 原型 | A-아/어졌어요 |
|------|-------------|------|-------------|
| 많다 | 많아졌어요. | 적다 | |
| 좋다 | | 나쁘다 | |
| 키가 크다 | | 길다 | |
| 날씬하다 | | 뚱뚱하다 | |
| 따뜻하다 | | 춥다 | |
| 작다 | | 바쁘다 | |
| *있다→ 생기다 | 생겼어요. | 아름답다 | |

＊「있다」要變成「생기다」，因此不使用「있어졌어요」，而應該使用「생겼어요」。

## N1보다 N2　　02

수박보다 사과가 더 좋아요.

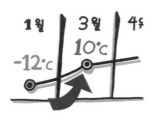

1월보다 따뜻해졌어요

情景　「有蘋果和西瓜，與西瓜相比，更喜歡蘋果。」這時應該說「수박보다 사과가 더 좋아요.」。「一月零下12度，天氣非常冷；現在三月零上10度，啊，天氣比一月暖和多了啊！」這時應該說「1월보다 (3월이) 따뜻해졌어요.」

說明　「N1보다 N2」表示比較「수박(西瓜)」、「사과 (蘋果)」的這樣的兩個名詞。即表示「與N1相比，N2更好/更好吃/更貴……」的意思。相當於中文的「與N1相比，N2更……」、「N2比N1更……」。

어제보다 오늘이 더 추워졌어요.

리리 씨보다 비비엔 씨가 더 날씬해요.

아침보다 기분이 좋아졌어요.

:: **N1보다 N2** 連接方法

末音節有收音和沒有收音的名詞後面都使用「보다」。

**有收音時+보다** : 수박/사과 → 수박보다 사과

**沒有收音時+보다** : 커피/맥주 → 커피보다 맥주

## 활용 연습 2 活用練習 2

請在空格處填寫適當的內容。

| 原型 | N1보다 N2 |
|---|---|
| 노래방/광장 | 노래방보다 광장 |
| 길거리/소극장 | |
| 주점/북카페 | |

## A/V-(으)ㄹ 때, A/V-았/었을 때 03

情景 「在看電影，這個時候吃爆米花。」這時應該說「영화를 볼 때 팝콘을 먹어요.」。「年紀很小，那時在海裡游泳了。」這時應該說「어렸을 때 바다에서 수영했어요.」。

說明 「A/V-(으)ㄹ 때」和「A/V-았/었을 때」跟「어리다 (年輕)」、「영화를 보다 (看電影)」等形容詞、動詞連用，表示「時間」、「時候」的意思。「A/V-(으)ㄹ 때」表示現在的時間或一般的情況；「A/V-았/었을 때」表示過去的時間。「A/V-(으)ㄹ 때」相當於中文的「……的時候」；「A/V-았/었을 때」相當於中文的「（過去）……的時候」。

저는 영화를 볼 때 팝콘을 먹어요.

저는 기분이 나쁠 때 잠을 자요.

저는 어렸을 때 친구들과 바다에서 수영했어요.

지난주에 친구를 만났을 때 같이 수다를 떨었어요.

:: **A/V-(으)ㄹ 때** 連接方法

詞幹末音節有收音的動詞和形容詞後面使用「A/V-을 때」；末詞幹末音節沒有收音的動詞和形容詞後面使用「A/V-ㄹ 때」。

**有收音時+을때:** 많다→많<del>다</del>+을 때→많을 때

**沒有收音時+ㄹ때:** 커피를 마시다→커피를 마시<del>다</del>+ㄹ 때→커피를 마실 때

**收音是「ㄹ」時→<del>ㄹ</del>+ㄹ때:** 만들다→만들<del>다</del>+ㄹ 때→만들 때

**收音是「ㄷ」時→ㄹ+을때:** 음악을 듣다→음악을 들<del>다</del>+ㄹ을 때→음악을 들을 때

**收音是「ㅂ」時→우+ㄹ때:** 춥다→춥<del>다</del>+울(우+ㄹ) 때→추울 때

:: **A/V-았/었을 때** 連接方法

詞幹末音節有元音「ㅏ」、「ㅗ」的動詞和形容詞後面使用「A/V-았을 때」；詞幹末音節沒有元音「ㅏ」、「ㅗ」的動詞和形容詞後面使用「A/V-었을 때」。

**有元音「ㅏ」、「ㅗ」時 +았을때:** 좋다→좋<del>다</del>+았을 때→좋았을 때

**沒有元音「ㅏ」、「ㅗ」時+었을때:** 읽다→읽<del>다</del>+었을 때→읽었을 때

**以「하다」結尾時→~했을때:** 여행하다→여행하<del>다</del>+했을 때→여행했을 때

**以「ㅣ」結尾時→였을때:** 어리다→어리<del>다</del>+였을 때→어렸을 때

**收音是「ㅂ」時→우+었을때:** 덥다→덥<del>다</del>+웠(우+었)을 때→더웠을 때

# 활용 연습 3 活用練習 3

請在空格處填寫適當的內容。

| 原型 | A/V-(으)ㄹ 때 | A/V-았/었을 때 |
|------|-------------|--------------|
| 어리다 | 어릴 때 | 어렸을 때 |
| 영화를 보다 | | |
| 친구를 만나다 | | |
| 기분이 나쁘다 | | |
| 시간이 많다 | | |
| 돈이 없다 | | |
| 고등학교에 다니다 | | |
| 피자를 먹다 | | |
| 여자 친구와 헤어지다 | | |
| 남자 친구와 싸우다 | | |
| 수업을 하다 | | |
| 떡볶이가 맵다 | | |
| 길을 걷다 | | |
| 꽃을 팔다 | | |

## 01 리리 씨가 작년보다 뚱뚱해졌어요.

리리
작년
뚱뚱하다

가 리리 씨가 어때요?

나 리리 씨가 작년보다 뚱뚱해졌어요.

요즘 날씨
지난주
춥다

가 _____이/가 어때요?

나 _____.

한국의 교통
5년 전
복잡하다

가 _____?

나 _____.

한국어 공부
초급
어렵다

가 _____?

나 _____.

지금 기분
아침
좋다

가 _____?

나 _____.

會話練習。
仿照例子做練習。

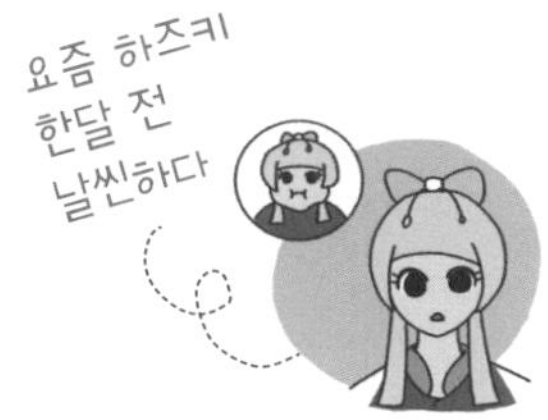
요즘 하즈키
한달 전
날씬하다

가 ______________________________________?

나 ______________________________________.

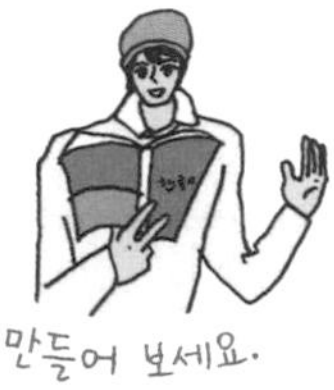
만들어 보세요.

가 ______________________________________?

나 ______________________________________.

예

이준기
군대 가기 전
남자답다

하즈키
작년
한국 친구가 많다

아마니 씨 동생
6개월 전
키가 크다

비비엔
한달 전
태권도 실력이 좋다

학교 앞
작년
복잡하다

**02**　기분이 나쁠 때 잠을 자요.

가 스테파니 씨, 기분이 나쁠 때 보통 뭐 해요?
나 저는 기분이 나쁠 때 보통 잠을 자요.

가 비비엔 씨, _____?
나 _____.

가 이준기 씨, _____?
나 _____.

가 요나단 씨, _____?
나 _____.

가 _____?
나 _____.

## 03 어렸을 때 바다에서 수영했어요.

가 요나단 씨, 어렸을 때 보통 뭐 했어요?
나 저는 어렸을 때 보통 바다에서 수영했어요.

가 벤슨 씨, ＿＿＿＿＿＿＿＿＿＿＿＿＿?
나 저는 ＿＿＿＿＿＿＿＿＿＿＿＿＿.

가 이준기 씨, ＿＿＿＿＿＿＿＿＿＿＿?
나 ＿＿＿＿＿＿＿＿＿＿＿＿＿＿＿.

가 퍼디 씨, ＿＿＿＿＿＿＿＿＿＿＿?
나 ＿＿＿＿＿＿＿＿＿＿＿＿＿＿＿.

만들어 보세요.
시험을 잘 봤다
남자 친구와 헤어졌다
맛있는 음식을 먹었다
여행을 갔다
...

가 ＿＿＿＿＿＿＿＿＿＿＿＿＿＿?
나 ＿＿＿＿＿＿＿＿＿＿＿＿＿＿.

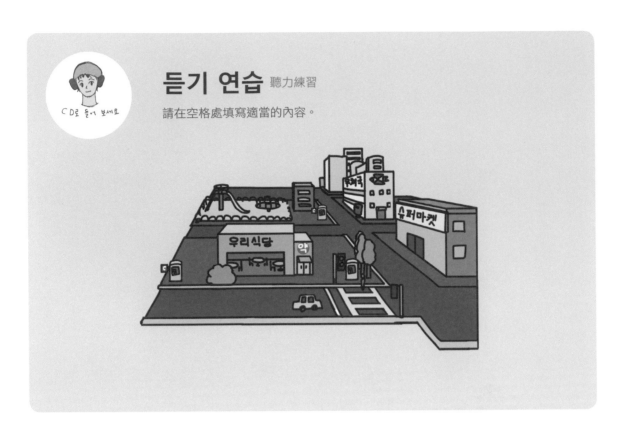

듣기 연습 聽力練習

請在空格處填寫適當的內容。

**문제** 이 도시가 변한 모습과 같은 것을 고르세요.

그림 1

그림2

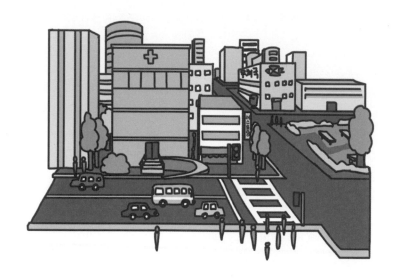

그림3

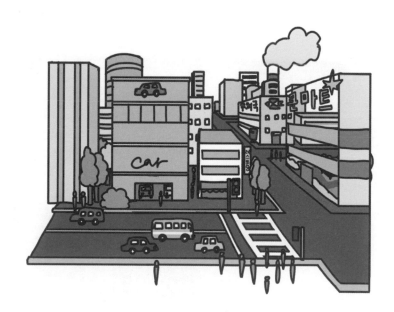

# 이준기와 이야기하기

跟李準基聊天　請仔細聽錄音，跟李準基進行對話。

이준기

여러분 안녕하세요? 이준기예요. 여기는 제 고향이에요.

지금 제 고향은 아주 복잡해요. 그렇지만 10년 전에는 복잡하지 않았어요.

10년 전과 비교하면 아주 복잡해졌어요. 자동차도 10년 전보다 많아졌어요.

그래서 길도 넓어졌어요. 그리고 높은 빌딩도 많이 생겼어요.

10년 전에는 약국이 있었지만 지금은 없어지고 병원이 생겼어요.

작은 가게가 없어지고 대형마트가 생겼어요. 빌딩 3층에는 큰 레스토랑이

생겼어요. 어렸을 때 저는 마을 앞에 있는 공터에서 친구들과 농구를 했어요.

하지만 지금은 그 공터에 체육관이 생겼어요. 거리에 사람들도 많아졌어요.

사람들이 모두 휴대폰을 사용해서 공중전화도 없어졌어요.

하지만 우체국과 김밥집은 그대로 있어요.

# 연습해 보기 1 練習 1

여러분이 살고 있는 도시의 10년 전과 현재의 달라진 모습을 그림으로 그리고 「-았/었을 때」,「-아/어지다」를 사용해서 비교하는 글을 써 보세요.

여러분이 살고 있는 도시는 10년 전과 지금 어떻게 달라졌어요?
그림을 그리고 써 보세요.

<br><br>

請把自己生活的地方畫出來吧。

# 연습해 보기 2 練習 2

請仿照例子做會話練習。
最好和學習韓國語的朋友一起練習。

**최 지 영**     스테파니 씨, 기분이 나쁠 때 보통 뭐 해요?
**스테파니**     저는 기분이 나쁠 때 재미있는 영화를 보면
               기분이 좋아져요.

| 친구      질문 | _____씨, 기분이 나쁘면 보통 뭐 해요? |
|---|---|
| 1) 스테파니 | 재미있는 영화를 보다 |
| 2) | |
| 3) | |

**최 지 영**     스테파니 씨, 어렸을 때 보통 뭐 했어요?
**스테파니**     저는 어렸을 때 보통 바다에서 수영했어요.

| 친구      질문 | _____씨, 어렸을 때 보통 뭐 했어요? |
|---|---|
| 1) 스테파니 | 바다에서 수영하다 |
| 2) | |
| 3) | |

**電影《歡迎來到東莫村》的拍攝地，二〇一八年冬季奧運會的舉辦地**
**平昌**

　　你看過電影《歡迎來到東莫村》吧？電影中天上下爆米花的浪漫場景營造出令人印象深刻的童話般的氛圍，這是一部表現江原道山村村民淳樸形象的電影。這部電影就是在江原道平昌郡的東莫村拍攝的。

　　韓國江原道有很多山。一到冬天，平昌就變成雪白的世界，從而吸引滑雪愛好者的到來。在其他季節，平昌到處是綠油油的牧場，被稱為韓國的阿爾卑斯山。但是，現在很多人一提起平昌，就會想到即將在這裡舉辦的二〇一八年冬季奧運會和花樣滑冰選手金妍兒。因為平昌冬季奧運會申辦成功，金妍兒功不可沒。

　　以前，冬季運動在韓國並不受人們歡迎。但是現在，越來越多的人喜歡滑雪、滑雪板等冬季運動了。很多人在白皚皚的冰雪世界裡有了自己新的夢想和挑戰，讓我們為他們加油吧。

함께
떠나요!

冬天吸引滑雪愛好者的白色雪原。

天上下爆米花的場景令人印象深刻的電影《歡迎來到
東莫村》的拍攝地。

# 매운 음식을
# 먹을 수 있어요?

能吃辣的食物嗎?

## 12

### 學習目標

**情景**

表達能力

**詞彙**

食物，味道，能力

**語法**

V-(으)ㄹ 수 있다/없다
못/안 V-아/어요

| 앙 리 | 최지영 씨, 오늘 시간이 있어요? |
|---|---|
| **최지영** | 네, 있어요. |
| **앙 리** | 그럼, 같이 점심을 먹을까요? |
| **최지영** | 네, 좋아요. 무슨 음식을 먹을까요? |
| **앙 리** | 최지영 씨, 매운 음식을 먹을 수 있어요? |
| **최지영** | 아니요, 저는 매운 음식을 못 먹어요. 앙리 씨는요? |
| **앙 리** | 저는 먹을 수 있어요. 매운 음식을 아주 좋아해요. |
| | 그럼, 최지영 씨, 삼계탕을 먹을 수 있어요? |
| **최지영** | 네, 아주 좋아해요. |
| **앙 리** | 그럼, 우리 삼계탕을 먹으러 갑시다. |

어휘와 표현

**01 음식**
食物

| | |
|---|---|
| 삼계탕[삼계탕/삼게탕] 蔘雞湯 | 감자탕[감자탕] 馬鈴薯湯 |
| 생선회[생선회] 生魚片 | 냉면[냉면] 冷麵 |
| 칼국수[칼국쑤] 刀削麵 | 쫄면[쫄면] 拌麵 |

부대찌개[부대찌개]
部隊火鍋（用火腿、香腸等做的湯。以前指用來自美軍部隊的香腸做成的湯。）

| | |
|---|---|
| 닭갈비[닥깔비] 雞排 | 찜닭[찜닥] 燉雞 |
| 김치[김치] 泡菜 | 소주[소주] 燒酒 |
| 소고기[소고기] 牛肉 | 돼지고기[돼지고기] 豬肉 |
| 막걸리[막껄리] 米酒 | |

**02 형용사 (맛)**
形容詞（味道）

| | |
|---|---|
| 맵다[맵따] 辣 | 짜다[짜다] 鹹 |
| 싱겁다[싱겁따] 淡 | 쓰다[쓰다] 苦 |
| 달다[달다] 甜 | 시다[시다] 酸 |
| 떫다[떨따] 發澀 | 고소하다[고소하다] 香 |
| 새콤하다[새콤하다] 有點酸 | 매콤하다[매콤하다] 微辣 |
| 달콤하다[달콤하다] 甜滋滋 | 담백하다[담배카다] 清淡 |

**03 동사**
動詞

| | |
|---|---|
| 운전하다[운전하다] 駕駛，開車 | 촬영하다[촤령하다] 拍攝 |
| 담배를 피우다[담배를피우다] 吸菸 | 사진을 찍다[사지늘찍따] 照相 |
| 등산을 하다[등사늘하다] 爬山 | 빵을 굽다[빵을굽따] 烤麵包 |
| 바이킹을 타다[바이킹을타다] 坐海盜船 | 피아노를 치다[피아노를치다] 彈鋼琴 |

**04** 기타
其他

부럽다[부럽따] 羨慕

어깨를 주무르다[어깨를주무르다] 揉肩

깜짝 놀라다[깜짱놀라다] 嚇了一跳　　　가볍다[가볍따] 輕

아름답다[아름답따] 美麗　　　행복하다[행보카다] 幸福

제주도[제주도] 濟州島　　　한라산[할라산] 漢拿山

투명인간[투명잉간] 隱形人　　　영화사[영화사] 電影公司

배우[배우] 演員　　　스태프[스태프] 工作人員

감독[감독] 導演　　　카메라[카메라] 照相機

살짝[살짝] 輕輕地，悄悄地　　　공짜[공짜] 免費

기숙사[기숙싸] 宿舍

---

**발음규칙**

**경음화** 緊音化

動詞和形容詞的活用形「(으)ㄹ」後面的第一個輔音「ㄱ」、「ㄷ」、「ㅂ」、「ㅅ」、「ㅈ」
要發音為「ㄲ」、「ㄸ」、「ㅃ」、「ㅆ」、「ㅉ」。

$$먹을\ 수\ 있어요 \Rightarrow [머글쑤있어요]$$
$$(으)ㄹ + ㅅ \Rightarrow (으)ㄹ + ㅆ$$

**볼 수 있어요**[볼쑤있어요]　　**갈 거예요**[갈꺼예요]　　**할게**[할께]

> # V-(으)ㄹ 수 있다/없다 ⑩

情景 「我有駕照，能往前開，也能往後開。」這時應該說「저는 운전할 수 있어요.」。「我想開車，但是沒有駕照。」這時應該說「저는 운전할 수 없어요.」。

說明 「V-(으)ㄹ 수 있다」與「운전하다(開車)」等動詞連用，表示具備做某事的能力；「V-(으)ㄹ 수 없다」表示不具備做某事的能力。「V-(으)ㄹ 수 있다」相當於中文的「能做/會做……」；「V-(으)ㄹ 수 없다」相當於中文的「不能做/不會做……」。

리리 씨, 피아노를 칠 수 있어요?

저는 번지점프를 할 수 있어요.

저는 매운 음식을 먹을 수 없어요.

:: **V-(으)ㄹ 수 있다/V-(으)ㄹ 수 없다** 連接方法

詞幹末音節有收音的動詞後面使用「V-을 수 있다/없다」；詞幹末音節沒有收音的動詞後面使用「V-ㄹ 수 있다/없다」。

有收音時+을 수 있다/없다：

먹다→먹다+을 수 있다/없다→먹을 수 있다. 먹을 수 없다.

沒有收音時+ㄹ 수 있다/없다：

만나다→만나다+ㄹ 수 있다/없다→만날 수 있다. 만날 수 없다.

收音是「ㄹ」時→ㄹ+ㄹ 수 있다/없다：

만들다→만들다+ㄹ 수 있다/없다→만들 수 있다. 만들 수 없다.

收音是「ㄷ」時→ㄹ+을 수 있다/없다：

듣다→듣다+ㄹ을 수 있다/없다→들을 수 있다. 들을 수 없다.

收音是「ㅂ」時→우+ㄹ 수 있다/없다：

줍다→줍다+울(우+ㄹ) 수 있다/없다→주울 수 있다. 주울 수 없다.

## 활용 연습 1 活用練習 1

請在空格處填寫適當的內容。

| 原型 | V-(으)ㄹ 수 있어요 | V-(으)ㄹ 수 없어요 |
|---|---|---|
| 자전거를 타다 | 자전거를 탈 수 있어요. | 자전거를 탈 수 없어요. |
| 번지점프를 하다 | | |
| 삼계탕을 먹다 | | |
| 소주를 마시다 | | |
| 기숙사에 살다 | | |
| 태권도를 하다 | | |

못/안 **V**−아/어요 　02

情景 「我想開車，但是沒有駕照，因此不能開車。」這時應該說「저는 운전을 못 해요.」。這句話和「저는 운전을 할 수 없어요.」的意思相同。「我有駕照，但是今天不想開車，因此就不開車。」這時應該說「저는 오늘 운전을 안 해요.」。

說明 「못 V−아/어요」與「하다（做）」等動詞連用，表示不具備做某事的能力；「안 V−아/어요」表示主觀上不想做某事。「못 V−아/어요」相當於英語的「can not」，相當於中文的「不能/不會做……」；「안 V−아/어요」相當於英語的「do not」，相當於中文的「不想做……」。

저는 매운 음식을 못 먹어요.

이번 방학에 고향에 못 가요.

저는 담배를 안 피워요.

저는 요리를 안 해요.

∷ **못 V-아/어요, 안 V-아/어요** 連接方法

詞幹末音節有收音和沒有收音的動詞前面都使用「못 V−아/어요」和「안 V−

아/어요」。對於以「하다」結尾的動詞，在名詞和「하다」之間使用「못/안」。

**보다:** 못 봐요. 안 봐요.

**먹다:** 못 먹어요. 안 먹어요.

**공부하다:** 공부 못 해요. 공부 안 해요.

## 활용 연습 2 活用練習 2

請在空格處填寫適當的內容。

| 原型 | 못 V-아/어요 | 안 V-아/어요 |
|---|---|---|
| 그림을 그리다 | 그림을 못 그려요. | 그림을 안 그려요. |
| 번지점프를 하다 | | |
| 삼계탕을 먹다 | | |
| 케이크를 만들다 | | |
| 매운 음식을 먹다 | | |
| 피아노를 치다 | | |
| 소주를 마시다 | | |
| 사진을 찍다 | | |
| 운전하다 | | |
| 태권도를 하다 | | |

## 회화 연습

**01** 운전을 할 수 있어요.

하즈키
운전을 하다

가 하즈키 씨, 운전을 할 수 있어요?
나 네, 저는 운전을 할 수 있어요.

가 리리 씨, _____?
나 _____.

가 비비엔 씨, _____?
나 _____.

가 요나단 씨, _____?
나 _____.

가 최지영 씨, _____?
나 _____.

**가** 앙리 씨, _____?

**나** _____.

**가** _____?

**나** _____.

만들어 보세요.

앙리
운전을 하다 ○

예

최지영
스키를 타다 ○

리리
수영을 하다 ○

요나단
김치를 담그다 ○

비비엔
삼계탕을 먹다 ○

**02** 번지점프를 못 해요.

리리
번지점프를 하다

가 리리 씨, 번지점프를 할 수 있어요?
나 아니요, 저는 번지점프를 못 해요.

가 하즈키 씨, _____?
나 아니요, _____.

가 벤슨 씨, _____?
나 _____.

가 리리 씨, _____?
나 _____.

가 퍼디 씨, _____?
나 _____.

**가** 최지영 씨, _____?

**나** _____.

**가** _____?

**나** _____.

만들어 보세요.

# 듣기 연습 聽力練習

請仔細聽 CD，然後回答問題。

CD로 들어 보세요

**문제 1** 이번 방학에 두 사람이 같이 할 수 있는 것을 그림을 보고 고르세요.

**문제 2** 이번 방학에 두 사람이 같이 할 수 없는 것을 그림을 보고 고르세요.

# 이준기와 이야기하기 1

跟李準基聊天 1 請仔細聽錄音，跟李準基進行對話。

**이준기**　여러분 안녕하세요? 이준기예요.

저는 오늘 하루 동안 투명인간이 되었어요.

아침에 샤워를 안 하고 영화사에 갔어요.

저는 다른 배우들과 스태프들을 볼 수 있지만

그 사람들은 저를 볼 수 없어요.

그래서 쉬는 시간에는 카메라 감독님의 카메라를

살짝 들어 드리고 어깨를 주물러 드렸어요.

감독님이 깜짝 놀랐지만 기분이 좋아졌을 거예요.

오후에는 공짜로 비행기를 타고 시드니에 갔어요.

한국은 겨울이지만 시드니는 지금 여름이에요.

그래서 바다에서 수영했어요.

오늘은 모든 것을 할 수 있는 하루였어요.

그래서 참 행복했어요.

매운 음식을 먹을 수 있어요?　　　233

CD로 들어 보세요

# 이준기와 이야기하기 2

跟李準基聊天 2　請仔細聽錄音，跟李準基進行對話。

**비비엔**　여러분 안녕하세요? 비비엔이에요.

저는 오늘 하루 동안 투명인간이 되었어요.

아침에 학교에 갔어요.

저는 선생님과 친구들을 볼 수 있지만 선생님과 친구들은

저를 못 봐요.

그래서 리리 씨의 빵과 퍼디 씨의 바나나를 살짝 먹었어요.

리리 씨와 퍼디 씨는 빵과 바나나가 없어져서 깜짝 놀랐어요.

그리고 로이 씨의 커피도 마실 수 있었어요.

로이 씨도 커피가 없어져서 깜짝 놀랐어요.

그리고 수업이 끝나고 선생님의 가방을 살짝 들어 드렸어요.

선생님께서 「어! 오늘은 가방이 가볍다!」 라고 말했어요.

아마 선생님의 기분이 좋아졌을 거예요.

그래서 저도 기분이 좋은 하루였어요.

請仿照例子做會話練習。
最好和學習韓國語的朋友一起練習。

**최 지 영**  스테파니 씨, 태권도를 할 수 있어요?
**스테파니**  네, 저는 태권도를 할 수 있어요.
**최 지 영**  스테파니 씨, 번지점프를 할 수 있어요?
**스테파니**  아니요, 저는 번지점프를 못 해요.

| 질문 \ 친구 | 1) 스테파니 | 2) | 3) |
|---|---|---|---|
| 1) 태권도를 하다 | ○ | | |
| 2) 번지점프를 하다 | × | | |
| 3) 김치를 담그다 | × | | |
| 4) 스키를 타다 | ○ | | |
| 5) 운전을 하다 | ○ | | |

 請像崔志英那樣介紹一下你的朋友。

**최 지 영**  스테파니 씨는 태권도를 할 수 있고, 스키를 탈 수 있고,
운전을 할 수 있어요. 하지만, 번지점프를 못 하고,
김치를 못 담가요.

## 韓國的矽谷
## 大田

在大田，有聚集高端人才的韓國科學技術院等科學研究園區。這裡的年輕科學家想出如大田市儒城區夜空下繁星那麼多的創意並不斷實踐著，進而為開創韓國新的明天而努力。

我曾經想，科學的發展一定代表人類的發展嗎？這是一個很大的題目，因此每個人都會有不同的想法。但是很明確的一點是，人類的想像力是沒有界限的。電子革命時代改變了人類的生活模式，那麼他們的想法和夢想會給我們帶來哪些變化呢？讓我們拭目以待吧！

大田研究園區附近有儒城溫泉，你可以去泡泡溫泉來緩解一天的疲勞，千萬不要錯過這一樂趣啊！

함께 떠나요!

大田市儒城區的科學研究園區。

聚集韓國高端人才的KAIST。

이준기와 함께하는
# 안녕하세요
# 한국어

**부록**
附錄

## 본문 번역
課文翻譯

## 이준기와 이야기하기 번역
「跟李準基聊天」翻譯

## 듣기 지문
聽力原文

## 문법 . 회화 연습 답안
語法 · 會話練習的答案

## 색인
索引

# 본문 번역 課文翻譯

### 01 我的媽媽和爸爸

崔 志 英 ： 喬納森，你家有幾個人？
喬 納 森 ： 我家總共有6個人。有爺爺、奶奶、媽媽、爸爸，還有一個弟弟。
崔 志 英 ： 你爸爸是做什麼的？
喬 納 森 ： 我爸爸是醫生，在醫院工作。
崔 志 英 ： 你弟弟是做什麼的？
喬 納 森 ： 我弟弟是大學生，就讀於美因茨大學。

### 02 既美麗又親切的人

麗 麗 ： 李準基，你有女朋友嗎？
李 準 基 ： 我沒有女朋友。
麗 麗 ： 李準基，你喜歡什麼樣的人？
李 準 基 ： 我喜歡風趣的人。
麗 麗 ： 啊，是嗎？那把我朋友介紹給你認識怎麼樣？
李 準 基 ： 好啊。你朋友是個怎樣的人呢？
麗 麗 ： 是個既美麗又親切的人。
李 準 基 ： 那我們什麼時候見面呢？
麗 麗 ： 我們明天下午2點在學校前面的咖啡館見吧。

### 03 放假打算做什麼？

哈 馬 尼 ： 亨利，你放假打算做什麼？
亨 利 ： 我打算去法國。
哈馬尼，你放假打算做什麼？
哈 馬 尼 ： 我放假不打算做任何事情。
亨 利 ： 啊！哈瑪尼，你不打算去旅遊嗎？
哈 馬 尼 ： 是的，我打算在家好好休息。
亨利，你去法國要幫我帶漂亮的禮物回來啊。
亨 利 ： 好的。也祝你假期愉快。我們下學期見。

### 04 我想成為老師

貝 森 ： 史蒂芬妮，最近過得怎麼樣？
史蒂芬妮 ： 我最近在準備找工作。
貝 森 ： 哦，你已經大四了啊？時間過得真快啊！
史蒂芬妮 ： 是啊，所以我最近很忙。
貝 森 ： 史蒂芬妮你畢業後想做什麼？
史蒂芬妮 ： 我想去雪梨做一名韓國語老師。貝森，你呢？
貝 森 ： 我想和漂亮的女朋友結婚。
史蒂芬妮 ： 哇，貝森，你有女朋友了啊？
貝 森 ： 不是的，還沒有呢。如果你認識不錯的女孩子，就給我介紹一下吧。

### 05 教保文庫在哪裡？

麗 麗 ： 打擾了，請問教保文庫在哪裡？
李 準 基 ： 沿著這條路直走，在第二個紅綠燈處左轉。
麗 麗 ： 在第二個紅綠燈處左轉就能看到教保文庫嗎？
李 準 基 ： 向左走50公尺左右就能看到教保大廈。教保文庫在教保大廈的地下一樓。
麗 麗 ： 從這裡走過去需要多長時間？
李 準 基 ： 走過去大約需要10分鐘。
麗 麗 ： 我知道了。謝謝你！

## 06　大叔，我想去仁寺洞

司　機：你好！請問你要去哪裡？
葉　月：我想去仁寺洞。
司　機：好的，我知道了。
葉　月：請問從這裡到仁寺洞需要多長時間？
司　機：這個時間段不會堵車，所以30分鐘內就能到。
葉　月：知道了。
司　機：從那邊的十字路口處往哪兒走呢？
葉　月：在十字路口處右轉。右轉後會看見斑馬線。請在那附近停一下吧。
司　機：好的。請問給你停哪兒呢？
葉　月：請在那邊的白色建築物前面停一下吧。一共多少錢？
司　機：12,000韓元。
葉　月：這是車錢。謝謝！
司　機：慢走，再見！

## 07　喂，請問是玻蒂家吧？

崔志英：喂，請問是玻蒂家吧？
媽　媽：是的。不好意思，請問你是哪位？
崔志英：我叫崔志英，是玻蒂的朋友。玻蒂在家嗎？
媽　媽：啊，是崔志英啊！好久不見你了呢。稍等一下啊。
玻　蒂：崔志英，你好！我是玻蒂。
崔志英：玻蒂，上週末你做什麼了？
玻　蒂：我和朋友一起去看《亂打》了。這部音樂劇很有意思的。
崔志英：噢，我上個月也看過，覺得很有意思。玻蒂，明天我要去東大門市場，你想和我一起去嗎？
玻　蒂：好啊，那我們一起去吧。我明天再給你打電話。

## 08　頭疼，還咳嗽

在醫院

醫　生：你哪裡不舒服？
喬納森：我從昨天開始嗓子疼，還咳嗽。
醫　生：我給你檢查一下。啊，你感冒了（症狀：嗓子腫痛）。
喬納森：我今晚上約了朋友。可以喝酒嗎？
醫　生：你不可以喝酒，也不可以抽菸。這是處方，你拿著去藥店買藥吧。
喬納森：好的，知道了。謝謝！

在藥店

藥劑師：請給我看一下處方。
喬納森：給你。
藥劑師：喬納森，這是你的感冒藥。
喬納森：我應該什麼時候，怎樣服用這藥呢？
藥劑師：請每天三次，飯後服用。
喬納森：好的。謝謝！

## 09　不好意思，我去不了

貝　森：哈馬尼，你喜歡什麼運動？
哈馬尼：我喜歡高爾夫。
貝　森：哇，我也喜歡高爾夫。哈馬尼，你高爾夫打得好嗎？
哈馬尼：我會一點兒。
貝　森：那今天下午一起去打高爾夫怎麼樣？
哈馬尼：不好意思，我去不了。
貝　森：為什麼去不了啊？
哈馬尼：因為有約會，所以去不了。
貝　森：那我們下週末一起去吧。
哈馬尼：好的。

## 10 是穿著黃色連身洋裝的人

李 準 基： 維維安，這是哪兒來的照片？

維 維 安： 照片上的人都是我朋友。這是上週在史
蒂芬妮的生日聚會上拍的照片。

李 準 基： 哇！這個穿著藍色T恤、打著花紋領帶
的人是誰？

維 維 安： 啊，那個人是亨利。

李 準 基： 啊，這樣啊！可是史蒂芬妮在哪兒呢？

維 維 安： 是這邊穿著黃色連身洋裝的人。

李 準 基： 哇！黃色很適合史蒂芬妮啊。

維 維 安： 是的，她穿黃色衣服很漂亮。

## 11 天氣變冷了

玻　　蒂： 崔志英，今天非常冷吧？

崔 志 英： 是啊，比昨天冷多了。

玻　　蒂： 這時候能去滑雪就好了。

崔 志 英： 那我們這週末一起去滑雪吧？

玻　　蒂： 好啊。
不過，崔志英你滑雪滑得很好嗎？

崔 志 英： 我因為害怕，所以仍然滑得不好。

玻　　蒂： 我小時候也因為害怕而滑得不好，但是
經常去滑雪，技術就慢慢提高了。

崔 志 英： 那這週末玻蒂你教我滑雪吧。

玻　　蒂： 好啊。

## 12 能吃辣的食物嗎？

亨　　利： 崔志英，今天有時間嗎？

崔 志 英： 有時間啊。

亨　　利： 那我們一起吃午飯吧？

崔 志 英： 好啊。我們去吃什麼呢？

亨　　利： 崔志英，你能吃辣的食物嗎？

崔 志 英： 我吃不了辣的食物。亨利你呢？

亨　　利： 我能吃啊。我很喜歡吃辣的食物。
那崔志英你能喝參雞湯嗎？

崔 志 英： 能喝啊。我非常喜歡參雞湯。

亨　　利： 那我們中午去喝參雞湯吧。

240

# 이준기와 이야기하기 「跟李準基聊天」翻譯

## 01

李 準 基 ： 大家好！這是我家的全家福照片。
我家總共有5個人。
有爺爺、爸爸、媽媽，還有妹妹。
我爺爺是郵差。
我爸爸是醫生，在醫院工作。
媽媽是廚師，在餐廳工作。
妹妹是高中生，現就讀於韓國高中。
我是電影演員。

葉 月 ： 大家好！這是我家的全家福照片。
我家總共有3個人。
有爸爸、媽媽和我。
我爸爸是郵差，在郵局工作。
我媽媽是老師，在學校工作。
我是大學生，現就讀於韓國大學。

## 02

李 準 基 ： 維維安，你有韓國朋友嗎？
維 維 安 ： 我沒有韓國朋友。
李 準 基 ： 維維安你喜歡什麼樣的人呢？
維 維 安 ： 我喜歡個子高而且很親切的人。
李 準 基 ： 啊，是嗎？那把我朋友介紹給你認識怎
麼樣？
維 維 安 ： 好啊。你朋友是怎樣的人呢？
李 準 基 ： 我朋友是文靜、聰明、親切的人。
維 維 安 ： 我喜歡聰明的人。那我們什麼時候見面
呢？
李 準 基 ： 我們這週末在明洞見面吧。
維 維 安 ： 好啊。

## 03

李 準 基 ： 大家好！我是李準基。
我現在雪梨拍攝電影。
拍攝結束後，我會去動物園看無尾熊。
明天我會去見史蒂芬妮。
史蒂芬妮下課後會來片場。
我們會一起去海邊。
我們在海裡游泳，之後吃美味的晚餐。
希望大家度過一個愉快的假期。

維 維 安 ： 大家好，我是維維安。
我現在巴黎學習繪畫。
今天下課後，我會和朋友一起去埃菲爾
鐵塔。
我們會在埃菲爾鐵塔喝咖啡，並拍照。
在巴黎完成繪畫學業後，我打算回到韓
國。
我想在韓國成為一名設計師。
我們韓國見！

## 04

李 準 基 ： 哈馬尼，最近過得怎麼樣？
哈 馬 尼 ： 我最近在準備韓國語能力考試。
李 準 基 ： 哦，這樣呀！下週就考試了啊！
哈 馬 尼 ： 是啊，所以我最近很忙。
李 準 基 ： 哈馬尼，你畢業後想做什麼？
哈 馬 尼 ： 我想去沙烏地阿拉伯當播音員。
李 準 基 ： 啊，是這樣啊！
哈 馬 尼 ： 李準基，你畢業後想做什麼？
李 準 基 ： 我想和漂亮的女朋友結婚。
哈 馬 尼 ： 哇！李準基，你有女朋友啊？
李 準 基 ： 不是的，還沒有呢。如果你認識不錯的
女孩子，就幫我介紹一下吧。

## 05

葉　　月：打擾了，請問醫院在哪裡？

李 準 基：沿著這條路直走，在第二個紅綠燈處左轉。

葉　　月：在第二個紅綠燈處左轉就能看到醫院嗎？

李 準 基：左轉直走會看到銀行。
　　　　　沿著銀行旁邊的小路直走就會看到幸福大廈。
　　　　　醫院在幸福大廈的3樓。

葉　　月：從這裡走過去需要多長時間？

李 準 基：走過去大約需要15分鐘。

葉　　月：我知道了。謝謝你！

司　　機：你好！請問你要去哪裡？

李 準 基：我要去汝矣島。

司　　機：好的，知道了。

李 準 基：請問從這裡到汝矣島需要多長時間？

司　　機：如果堵車，就需要一個小時左右。
　　　　　這個時間段不會堵車，所以40分鐘內就能到。

李 準 基：知道了。

司　　機：哎呀！因為是下班時間，車堵得真厲害啊！

李 準 基：有沒有可以開快一點的路？

司　　機：可以繞路走。那樣可能會比現在更快點兒。

李 準 基：那就繞路走吧。

司　　機：好的，知道了。
　　　　　在那邊的十字路口右轉嗎？

李 準 基：是的，右轉就能看到斑馬線。請在那前面停一下吧。

司　　機：好的，知道了。

在哪兒停呢？

李 準 基：請在那邊的白色建築物前面停一下吧。
　　　　　一共多少錢？

司　　機：13,000韓元。

李 準 基：給你錢。謝謝！

司　　機：謝謝。再見，慢走！

## 07

史蒂芬妮：喂，請問是李準基家吧？

媽　　媽：是的。不好意思，請問你是哪位？

史蒂芬妮：我叫史蒂芬妮，是李準基的朋友。李準基在家嗎？

媽　　媽：啊，是史蒂芬妮啊！好久不見你了呢。稍等一下啊。

李 準 基：史蒂芬妮，你好！我是李準基。

史蒂芬妮：準基，上週末你做什麼了？

李 準 基：我在北京拍電影，非常累。

史蒂芬妮：我和朋友去海邊了。大海非常美。

李 準 基：啊，這樣啊！史蒂芬妮，你打電話有什麼事嗎？

史蒂芬妮：準基，明天休息，你打算做什麼？

李 準 基：我要去參加電影首映式，你想和我一起去嗎？

史蒂芬妮：好啊，那我們一起去吧。我明天再給你打電話。

在醫院

醫　　生：你哪裡不舒服？

李 準 基：我從昨天開始眼睛痛，還流眼淚。

醫　　生：我給你檢查一下吧。啊，你患了最近流行的眼疾。

李 準 基：今天下午我要拍攝電影。我可以去拍攝現場嗎？

醫　　　生：你不可以外出，需要在家好好休息大約
　　　　　　三天。
　　　　　　這是處方，你拿著去藥店取藥吧。
李 準 基：好的，我知道了。謝謝你！

　　　　　　在藥店
藥 劑 師：李準基，這是你的眼藥水。
　　　　　　每兩個小時滴一次眼藥水。
李 準 基：好的。謝謝你！

09

　　　　　　跟李準基聊天 1
李 準 基：麗麗，這週末打算做什麼？
麗　　　麗：嗯…… 我還沒有計劃呢。李準基，你
　　　　　　呢？
李 準 基：我打算去平昌滑雪。
麗　　　麗：哇！李準基，你滑雪滑得很好嗎？
李 準 基：稍微會一點。麗麗你喜歡滑雪嗎？
麗　　　麗：是的，我也喜歡滑雪。
李 準 基：那這週末麗麗你也一起去吧？
麗　　　麗：不好意思，這週末我去不了。
李 準 基：為什麼？
麗　　　麗：因為腿疼，所以不能滑雪。
李 準 基：那下個週末我們一起去吧。
麗　　　麗：好的。

　　　　　　跟李準基聊天 2
李 準 基：我叫李準基。我是韓國人。
　　　　　　我最近在拍電影。
　　　　　　我非常喜歡烤肉。烤肉很貴，但是因為
　　　　　　很好吃，所以我喜歡烤肉。
　　　　　　因為春天天氣溫暖，所以我喜歡春天。
　　　　　　因為蘋果很好吃，所以我喜歡蘋果。
　　　　　　因為跆拳道對健康有益，所以我非常喜
　　　　　　歡跆拳道。
　　　　　　但是因為最近太忙了，所以沒能經常去

練跆拳道。
這週末打算去跆拳道館練跆拳道。
然後打算去釜山見朋友。
打算在釜山和朋友一起吃生魚片。

維 維 安：我叫維維安。我是德國人。
　　　　　　我在韓國大學學習韓國語，並且在DK
　　　　　　滑雪場當滑雪教練。
　　　　　　我非常喜歡拌飯。拌飯很辣，但是因為
　　　　　　有很多蔬菜，所以我喜歡拌飯。
　　　　　　因為冬天下雪，所以我喜歡冬天。
　　　　　　因為香蕉好吃，所以我喜歡香蕉。
　　　　　　因為對減肥有幫助，所以我喜歡游泳。
　　　　　　但是因為最近太忙了，所以沒能經常去
　　　　　　游泳。
　　　　　　這週末打算去游泳館游泳。
　　　　　　然後打算去明洞見朋友。
　　　　　　打算在明洞和朋友一起看恐怖電影。

10

葉　　　月：這些人都是誰啊？
李 準 基：這些人都是我朋友。
葉　　　月：哇！這個穿著花紋連身洋裝的人是誰
　　　　　　啊？
李 準 基：那個人是史蒂芬妮。
葉　　　月：穿著牛仔褲和紅T恤的人是誰啊？
李 準 基：那個人是維維安。牛仔褲很適合她吧？
葉　　　月：是的。這邊穿黑色西裝的人是誰？
李 準 基：戴眼鏡的那個人嗎？他是潤一。
葉　　　月：啊！可是李準基你在哪裡了？
李 準 基：我在史蒂芬妮旁邊，穿著黃色體恤。
葉　　　月：哇！李準基你真帥啊！

**11**

李 準 基 ： 大家好！我是李準基。
這裡是我的家鄉。
現在，我的家鄉非常擁擠，但是10年前這裡並不亂。
和10年前相比，我的家鄉變得很亂了。
汽車比10年前多了，所以這裡的路也變寬了。
這裡還出現了很多高樓大廈。
10年前這裡有藥店，現在沒有藥店，而出現了醫院。
同時，現在這裡沒有小商店，而出現了商場。
大廈3樓出現了大型餐廳。
小時候，我曾經和朋友一起在小村落前面的空地上打過籃球。
但是，現在在那塊空地上出現了體育館。街上人也變多了。
人們都使用手機，因此公用電話也消失了。
可是，郵局和紫菜包飯店還原封不動地在那裡。

**12**

跟李準基聊天 1

李 準 基 ： 大家好！我是李準基。
我今天一天都是隱形人。
我早上去了電影公司。
我能看見其他沒有洗澡直接演戲的演員和工作人員，但是他們看不見我。
因此，休息的時候，我幫攝影導演輕輕抬起相機，並幫他揉了揉肩。
導演肯定嚇了一跳，但是他會很高興的。

我下午坐免費飛機去了雪梨。
現在韓國是冬天，而雪梨是夏天。
因此，我去海裡游泳了。
今天我什麼都可以做真是讓我感到非常幸福的一天。

跟李準基聊天 2

維 維 安 ： 大家好！我是維維安。
我今天一天都是隱形人。
我早上去了學校。
我能看見老師和朋友們，但是他們看不見我。
因此，我偷偷吃掉了麗麗的麵包和玻蒂的香蕉。
麗麗和玻蒂發現麵包和香蕉不見了，嚇了一跳。
並且，我還喝了路易的咖啡。
路易發現咖啡被喝完了，也嚇了一跳。
下課後，我幫老師輕輕提起了包。
老師說：「喔，今天的包真輕啊！」老師肯定會很高興的。
因此，今天一天我也覺得很高興。

# 듣기 지문 聽力原文

**01** p. 28

**요 나 단:** 스테파니 씨, 이것은 무슨 사진이에요?
**스테파니:** 우리 가족 사진이에요.
**요 나 단:** 이분은 누구세요?
**스테파니:** 이분은 우리 아버지예요.
**요 나 단:** 아! 아버지는 무엇을 하세요?
**스테파니:** 우리 아버지는 의사예요.
병원에서 일하세요.
**요 나 단:** 그래요! 이분은 어머니세요?
**스테파니:** 네, 우리 어머니예요.
**요 나 단:** 어머니는 뭐 하세요?
**스테파니:** 어머니는 요리사예요.
호텔 레스토랑에서 일하세요.
**요 나 단:** 이 사람은 남동생이에요?
**스테파니:** 네, 제 동생은 중학생이에요.
시드니 중학교에 다녀요.
그리고 저는 대학생이에요.
한국대학교에 다녀요.

〈정답〉
**아 버 지:** 의사
**어 머 니:** 요리사
**스테파니:** 대학생
**남 동 생:** 중학생

**02** p. 44

1) **앙 리:** 스테파니 씨는 어떤 사람이에요?
**비비엔:** 스테파니 씨는 키가 작고 뚱뚱한
사람이에요. 밥도 잘먹고 노래도 잘하고
아주 귀여운 여자예요.
**앙 리:** 아, 그래요! 저는 노래를 잘하는 사람을
좋아해요. 한번 만나고 싶어요.

2) **비비엔:** 준이치 씨는 어떤 사람이에요?

**앙 리:** 제 친구 준이치 씨는 키가 크고 축구를
좋아하는 사람이에요. 그래서 주말에는
친구들과 같이 축구를 해요.
그리고 준이치 씨는 얼굴도 잘생기고
아주 친절한 사람이에요.
그래서 친구들에게도 인기가 많아요.

3) **비비엔:** 리리 씨는 어떤 사람이에요?
**앙 리:** 리리 씨는 키는 크지 않지만, 날씬하고 아
주 예쁜 사람이에요. 그리고 조용하고 그림
을 잘 그리는 사람이에요. 또 리리 씨는 여
행을 좋아해요. 그래서 주말에는 보통 친구
들과 같이 여행을 가요.

**03** p. 60

**퍼디:** 리리 씨, 방학을 하면 뭐 할 거예요?
**리리:** 저는 방학을 하면 베이징에 갈 거예요.
**퍼디:** 우아! 부러워요. 베이징에 가면 뭐 할 거예요?
**리리:** 베이징에 가면 친구를 만날 거예요.
친구와 같이 이화원에 가고 베이징카오야를
먹을 거예요.
저는 베이징카오야를 아주 좋아해요.
**퍼디:** 아, 그래요?
**리리:** 퍼디 씨는 방학을 하면 뭐 할 거예요?
**퍼디:** 저는 방학을 하면 아무것도 안 할 거예요.
**리리:** 어! 퍼디 씨는 여행 안 갈 거예요?
**퍼디:** 네, 그냥 집에서 푹 쉴 거예요.
집에서 늦잠도 자고, 가끔 등산도 할 거예요.
**리리:** 아이고!
**퍼디:** 리리 씨, 베이징에서 예쁜 선물 사 오세요.
**리리:** 네, 퍼디 씨도 잘 지내세요. 다음 학기에 만나요.

〈정답〉
**문제 1:** ②, ④
**문제 2:** ⑤, ⑥

p. 80

안녕하세요? 저는 스테파니예요.
지금 한국대학교에서 한국어를 공부하고 있어요.
다음 주에 TOPIK 시험이 있어요. 그래서 요즘
열심히 시험공부를 하고 있어요. 시험이 끝나면
친구들과 같이 바다에 갈 거예요. 바다에 가서
수영하고 싶어요. 그리고 태권도도 배우고 싶어요.
저는 대학교를 졸업하면 시드니에 가서
한국어 선생님이 되고 싶어요. 그리고 멋있는
남자 친구랑 결혼하고 싶어요.

〈정답〉
문제 1: ④, ⑥
문제 2: ②, ③

**05** p. 98

**듣기 연습 1**
**요나단:** 실례합니다. 말씀 좀 묻겠습니다.
**아주머니:** 네, 말씀하세요.
**요나단:** 지하철을 타고 싶은데 이 근처에
　　　　지하철역이 있어요?
**아주머니:** 네, 저기 보이는 육교를 건너서 100미터쯤
　　　　가면 지하도가 있어요. 지하도를 건너서
　　　　왼쪽으로 가면 주유소가 보여요.
　　　　지하철역은 주유소 뒤에 있어요.
**요나단:** 네, 알겠습니다. 감사합니다.

〈정답〉
ⓓ

**듣기 연습 2**
**리리:** 실례합니다. 커피숍이 어디예요?
**직원:** 저기 보이는 건물이 은행이에요.
**리리:** 네.

**직원:** 은행 옆길로 똑바로 올라가면 은행 뒤에 보이는
　　　　빨간 벽돌 건물이 있어요.
　　　　커피숍은 그 건물 4층에 있습니다.
**리리:** 네, 알겠습니다. 감사합니다.

〈정답〉
ⓓ

**06** p. 114

**듣기 연습 1**
**1) 리리**
**기사:** 어서 오세요. 손님, 어디로 갈까요?
**리리:** 인사동으로 가 주세요.
**기사:** 네, 알겠습니다.
**리리:** 여기에서 인사동까지 얼마나 걸려요?
**기사:** 지금은 길이 안 막힐 테니까 30분쯤
　　　　걸릴 거예요.

**2) 비비엔**
**기　사:** 어서 오세요. 손님, 어디로 갈까요?
**비비엔:** 교보문고로 가 주세요.
**기　사:** 네, 알겠습니다.
**비비엔:** 여기에서 교보문고까지 얼마나 걸려요?
**기　사:** 지금은 길이 막힐 테니까 한 시간쯤
　　　　걸릴 거예요.

〈정답〉
리　리: 인사동
비비엔: 교보문고

**듣기 연습 2**
**1) 퍼디**
**기　사:** 저기 보이는 사거리에서 좌회전할까요?
**퍼　디:** 네, 좌회전해서 50미터쯤 가면 주유소가
　　　　보일 테니까 그 앞에 세워 주세요.
**기　사:** 네, 알겠습니다.

**2) 벤슨**

기　사: 손님, 어디에 세울까요?

벤　슨: 횡단보도 앞에 세워 주세요.

기　사: 네, 알겠습니다.

〈정답〉

퍼　디: 주유소 앞

벤　슨: 횡단보도 앞

**07**　　p. 136

준 이 치: 스테파니 씨, 지난 주말에 뭐 했어요?

스테파니: 등산을 했는데 단풍이 아주 예뻤어요.
　　　　　준이치 씨는 지난 주말에 뭐 했어요?

준 이 치: 저는 농구를 했는데 아주 재미있었어요.
　　　　　스테파니 씨, 내일은 뭐 할 거예요?

스테파니: 내일은 약속이 없어요.

준 이 치: 그럼, 대학로에서 뮤지컬을 하는데
　　　　　같이 볼까요?

스테파니: 네, 좋아요. 같이 봅시다.

〈정답〉

문제 1: 1) 농구  2) 등산

문제 2: 뮤지컬 보기

**08**　　p. 158

**듣기 연습 1**

**1) 최지영**

의　사: 어디가 아프세요?

최지영: 저는 배가 아프고 식욕이 없어요.

**2) 요나단**

의　사: 어디가 아프세요?

요나단: 저는 눈이 아프고 눈물이 나요.

**3) 비비엔**

의　사: 어디가 아프세요?

비비엔: 저는 기침이 나고 콧물이 나요.

**4) 벤　슨**

의　사: 어디가 아프세요?

벤　슨: 저는 매스껍고 설사를 해요.

〈정답〉

1) 최지영 : (②, ⑦)

최지영 씨는 배가 아프고 식욕이 없어요.

2) 요나단 : (④, ⑭)

요나단 씨는 눈이 아프고 눈물이 나요.

3) 비비엔 : (⑨, ⑩)

비비엔 씨는 기침이 나고 콧물이 나요.

4) 벤슨 : (⑧, ⑫)

벤슨 씨는 매스껍고 설사를 해요.

**듣기 연습 2**

안녕하세요? 민속박물관 관람 안내입니다.
우리 박물관 전시실에서는 사진을 찍으면 안 되고
담배를 피우면 안 됩니다. 작품을 손으로 만지면
안 됩니다. 그리고 큰 소리로 떠들면 안 되고
박물관 안에서 뛰면 안 됩니다. 휴게실에서는
간단한 식사를 해도 되고 커피를 마셔도 됩니다.
그럼 즐거운 시간 보내세요.

〈정답〉

문제 1: ①, ④, ⑤, ⑨, ⑩

문제 2: ②, ⑦, ⑧

**09**　　p. 176

앙　리: 하즈키 씨, 이번 주말에 뭐 할 거예요?

하즈키: 저는 수영하러 바다에 갈 거예요.

앙　리: 우아! 하즈키 씨 수영을 잘하세요?

하즈키: 아니요, 조금 해요.

앙리 씨도 수영을 좋아하세요?
**앙　리:** 저도 아주 좋아해요.
　　　　고등학교 때 수영 선수였어요.
**하즈키:** 우아! 그럼 이번 주말에 우리 같이
　　　　수영하러 살까요?
**앙　리:** 미안하지만, 이번 주말에는 못 가요.
**하즈키:** 왜요?
**앙　리:** 약속이 있어서 못 가요.
**하즈키:** 그럼 다음 주말에 같이 갑시다.
**앙　리:** 네, 좋아요.

〈정답〉

**문제 1:** 수영
**문제 2:** 앙리가 약속이 있어서
**문제 3:** 다음 주말

**10**　　p. 196

**듣기 연습 1**
이 사람들은 모두 제 친구들이에요.
친구들은 이번 주말에 아주 바빠요.
스테파니 씨는 스키를 타러 평창에 가요.
스테파니 씨는 스키를 아주 잘 타요.
그리고 열심히 태권도를 하는 사람은 벤슨 씨예요.
벤슨 씨는 다음 달에 태권도 시합이 있어서
요즘 바빠요. 영화를 보러 영화관에 가는 사람은
리리 씨와 이준기 씨예요.
그리고 음악을 듣고 있는 사람은 비비엔 씨예요.
요리를 하고 있는 사람은 하즈키 씨예요.
하즈키 씨는 요리를 아주 좋아해요.
커피를 마시고 있는 사람은 아마니 씨와 퍼디 씨예요.

〈정답〉

① 벤슨 ② 비비엔 ③ 스테파니
④ 아마니, 퍼디 ⑤ 이준기, 리리

**듣기 연습 2**
오늘은 비비엔 씨의 생일이에요. 그래서 친구들과
같이 비비엔 씨의 집에서 생일 파티를 했어요.
스테파니 씨는 파란 원피스를 입고 노란 가방을 들고
있어요. 그리고 줄무늬 양복을 입고 있는 사람은
벤슨 씨예요. 꽃무늬 블라우스를 입고 벤슨 씨와
이야기하고 있는 사람은 비비엔 씨예요. 청바지와
하얀 티셔츠를 입고 있는 사람은 이준기 씨예요.
그리고 까만 안경을 쓰고 물방울무늬 넥타이를
매고 있는 사람은 퍼디 씨예요. 빨간 모자를 쓰고
커피를 마시고 있는 사람은 아마니 씨예요.
생일 파티는 아주 재미있었어요.

〈정답〉

① 비비엔 ② 벤슨 ③ 퍼디 ④ 이준기 ⑤ 스테파니

**11**　　p. 214

지금 이 도시는 아주 복잡합니다.
그렇지만 10년 전에는 복잡하지 않았습니다.
10년 전과 비교하면 이 도시는 아주 복잡해졌습니다.
자동차도 10년 전보다 많아졌어요. 그래서 길도
넓어졌어요. 그리고 높은 빌딩도 많이 생겼어요.
10년 전에는 약국이 있었지만 지금은 없어지고
병원이 생겼어요. 작은 가게가 없어지고
대형 마트가 생겼어요. 작은 식당이 없어지고
빌딩 3층에 큰 레스토랑이 생겼어요.
거리에 사람들도 많아졌어요. 사람들이 휴대폰을
사용해서 공중전화도 없어졌어요.
하지만 우체국은 그대로 있어요.

〈정답〉

**그림 1**

**12** p. 232

**앙 리:** 비비엔 씨, 이번 방학에 고향에 갈 거예요?
**비비엔:** 아니요, 저는 안 갈 거예요.
**앙 리:** 그럼 비비엔 씨, 여행을 좋아하세요?
**비비엔:** 네, 좋아해요.
**앙 리:** 그럼, 우리 같이 제주도에 갈까요?
**비비엔:** 좋아요. 제주도에서 한라산에 올라갈까요?
**앙 리:** 미안하지만, 다리가 아파서 등산은 못 해요.
**비비엔:** 그래요!
**앙 리:** 그럼, 바다에서 수영할까요?
**비비엔:** 저는 수영을 못 해요.
**앙 리:** 그럼, 번지점프를 할 수 있어요?
**비비엔:** 네, 하고 싶어요.
**앙 리:** 좋아요. 그리고 맛있는 생선회를 먹을까요?
**비비엔:** 저는 알러지가 있어서 생선회를 먹을 수
　　　　　없어요.
**앙 리:** 그럼, 돼지고기는 먹을 수 있어요?
**비비엔:** 네, 먹을 수 있어요. 삼겹살을 아주 좋아해요.

〈정답〉
**문제 1:** ③, ⑧
**문제 2:** ④, ⑤, ⑩

# 문법 · 회화 연습 답안 語法 · 會話練習的答案

## 01

**p. 23**
학교랑 도서관
선생님이랑 학생

외할머니께서/외할머니께서는
삼촌께서/삼촌께서는
고모께서/고모께서는

**p. 24**
**나** 다섯 명
**가** 퍼디 씨, 가족이 몇 명이에요?
**나** 우리 가족은 모두 여섯 명이에요.
**가** 비비엔 씨, 가족이 몇 명이에요?
**나** 우리 가족은 모두 열 두 명이에요.

**P. 25**
**나** 두 명
**가** 어서 오세요. 모두 몇 분이세요?
**나** 모두 다섯 명이에요.
**가** 어서 오세요. 모두 몇 분이세요?
**나** 모두 일곱 명이에요.

**p. 26**
**가** 스테파니 씨, 이 사람들은 누구예요?
**나** 하즈키 씨랑 요나단 씨예요.
**가** 스테파니 씨, 이것은 뭐예요?
**나** 컴퓨터랑 책이에요.

**p. 27**
**가** 어머니께서는 무엇을 하세요?
**나** 어머니는 요리사예요. 레스토랑에서 일하세요.
**가** 누나는 뭐 해요?
**나** 누나는 스튜어디스예요. 호주항공에서 일해요.

## 02

**p. 39**
차가운 녹차
단 초콜릿
힘든 운동
재미있는 영화
착한 여자 친구
작은 가방
시끄러운 장소

밝은 방
예쁜 여자
많은 사람
친절한 선생님
무뚝뚝한 남자 친구
추운 날씨
맑은 눈

**p. 40~41**
**가** 운동을
**나** 배구를
**가** 리리 씨, 무슨 과일을 좋아하세요?
**나** 저는 파인애플을 좋아해요
**가** 리리 씨, 무슨 과일을 좋아하세요?
**나** 저는 포도를 좋아해요.
**가** 리리 씨, 무슨 음식을 좋아하세요?
**나** 저는 김밥을 좋아해요.
**가** 리리 씨, 무슨 음식을 좋아하세요?
**나** 저는 돈가스를 좋아해요.

**p. 42**
**가** 사과는, 과일
**나** 사과는 단
**가** 수영은 어떤 운동이에요?
**나** 수영은 힘든 운동이에요.
**가** 떡볶이는 어떤 음식이에요?

**나** 떡볶이는 매운 음식이에요.

p. 43

**가** 어떤 사람이에요?
**나** 머리가 좋고 재미있는
**가** 어떤 사람이에요?
**나** 키가 작고 귀여운 사람이에요.
**가** 어떤 사람이에요?
**나** 똑똑하고 키가 큰 사람이에요.

p. 53

시험이 끝나면
진구를 만나면
책을 읽으면
케이크를 만들면
소문을 들으면
기분이 나쁘면
일이 끝나면
일등을 하면
침대에 누우면

돈이 많으면
책상을 정리하면
시간이 있으면
날씨가 더우면
기분이 좋으면
졸리면
학교에 가면
무서우면
집이 멀면

p. 55

사진을 찍을 거예요.
그림을 그릴 거예요.
쉴 거예요.

영화를 볼 거예요.
비빔밥을 먹을 거예요.
책을 읽을 거예요.
친구를 만날 거예요.
이메일을 보낼 거예요.

음악을 들을 거예요.
김치를 담글 거예요.
휴지를 주울 거예요.
가야금을 배울 거예요.
설거지를 할 거예요.
산책을 할 거예요.
책상을 정리할 거예요.
잠을 잘 거예요.

p. 56~57

**가** 비비엔, 시간이 있으면
**나** 시간이 있으면
**가** 비비엔 씨, 한국말을 잘하면 뭐 해요?
**나** 한국말을 잘하면 한국어 선생님이 돼요.
**가** 비비엔 씨, 수업이 끝나면 뭐 해요?
**나** 수업이 끝나면 콘서트에 가요
**가** 비비엔 씨, 숙제를 다 하면 뭐 해요?
**나** 숙제를 다 하면 음악을 들어요.
**가** 비비엔 씨, 바다에 가면 뭐 해요?
**나** 바다에 가면 수영해요.

p. 58~59

**가** 리리, 내일 뭐 할 거예요?
**나** 내일 친구를 만날 기예요.
**가** 리리 씨, 내일 뭐 할 거예요?
**나** 저는 내일 번지점프를 할 거예요.
**가** 리리 씨, 내일 뭐 할 거예요?
**나** 저는 내일 야구장에 갈 거예요.
**가** 리리 씨, 주말에 뭐 할 거예요?
**나** 저는 주말에 슈퍼에 갈 거예요.
**가** 리리 씨, 주말에 뭐 할 거예요?
**나** 저는 주말에 김치를 담글 거예요.

**p. 73**

영화를 보고 싶다./영화를 보고 싶어 하다.
이준기를 만나고 싶다./이준기를 만나고 싶어 하다.
떡볶이를 먹고 싶다./떡볶이를 먹고 싶어 하다.
녹차를 마시고 싶다./녹차를 마시고 싶어 하다.
결혼을 하고 싶다./결혼을 하고 싶어 하다.
가수가 되고 싶다./가수가 되고 싶어 하다.
스키를 타고 싶다./스키를 타고 싶어 하다.
태권도를 배우고 싶다./태권도를 배우고 싶어 하다.
사인을 받고 싶다./사인을 받고 싶어 하다.
선물을 준비하고 싶다./선물을 준비하고 싶어 하다.
휴대폰을 사고 싶다./휴대폰을 사고 싶어 하다.
여자 친구를 사귀고 싶다./여자 친구를 사귀고
싶어 하다.
삼성에 취업하고 싶다./삼성에 취업하고 싶어 하다.

**p. 74**

가 케이크예요.
나 이것이 케이크군요!
가 이것은 떡이에요.
나 아! 이것이 떡이군요!
가 이것은 떡볶이예요.
나 아! 이것이 떡볶이군요!

**p. 75**

가 지금 뭐 해요?
나 농구를 해요.
가 농구를 하는군요!
가 지금 뭐 해요?
나 저는 지금 김치를 담가요.
가 아! 김치를 담그는군요.

**p. 76~77**

가 졸업을 하면 뭐 할 거예요?
나 졸업을 하면 경찰관이 될 거예요.

가 졸업을 하면 뭐 할 거예요?
나 저는 졸업을 하면 통역관이 될 거예요.
가 졸업을 하면 뭐 할 거예요?
나 저는 졸업을 하면 아나운서가 될 거예요.
가 졸업을 하면 뭐 할 거예요?
나 저는 졸업을 하면 요리사가 될 거예요.
가 졸업을 하면 뭐 할 거예요?
나 저는 졸업을 하면 한국어 선생님이 될 거예요.

**p. 78~79**

가 뭐 하고 싶어요?
나 커피를 마시고 싶어요.
가 커피를 마시고 싶어 해요.
가 뭐 하고 싶어요?
나 저는 요리를 하고 싶어요.
가 퍼디 씨는 요리를 하고 싶어 해요.
가 뭐 하고 싶어요?
나 저는 드럼을 치고 싶어요.
가 이준기 씨는 드럼을 치고 싶어 해요.
가 뭐 하고 싶어요?
나 저는 콘서트에 가고 싶어요.
가 하즈키 씨는 콘서트에 가고 싶어 해요.

**p. 89**

밥을 먹다가 전화를 했어요.
남자 친구와 싸우다가 울었어요.
책을 읽다가 잤어요.
숙제를 하다가 편지를 썼어요.
술을 마시다가 노래를 했어요.
영화를 보다가 친구를 생각했어요.
도서관에 가다가 커피를 샀어요.
잠을 자다가 놀라서 깼어요.

**p. 92**

가 사무실이 어디예요?

나 사무실은 왼쪽으로 가세요.
가 실례지만, 광화문이 어디예요?
나 광화문은 저쪽으로 가세요.
가 실례지만, 우체국이 어디예요?
나 우체국은 옆으로 가세요.

**p. 93**
가 한국에서 일본까지 얼마나 걸려요?
나 일본까지 비행기로 두 시간쯤 걸려요.
가 한국에서 스페인까지 얼마나 걸려요?
나 스페인까지 배로 두 달쯤 걸려요.
가 집에서 명동까지 얼마나 걸려요?
나 명동까지 걸어서 20분쯤 걸려요.

**p. 94~95**
가 도서관
나 오른쪽으로 가다가 사거리에서 왼쪽으로 가세요.
가 실례지만, 은행이 어디예요?
나 옆길로 가다가 육교를 건너세요.
가 실례지만, 백화점이 어디예요?
나 사거리에서 왼쪽으로 가다가
　아래로 50m쯤 가세요.
가 실례지만, 우체국이 어디예요?
나 은행 옆길로 가다가 육교를 건너세요.
가 실례지만, 한국대학교가 어디예요?
나 뒤로 돌아서 100m쯤 가다가 왼쪽으로 가세요.
가 실례지만, 국회의사당이 어디예요?
나 이쪽으로 쭉 가다가 오른쪽으로 가세요.

**p. 96~97**
가 어제 뭐 했어요?
나 요리하다가 설거지를 했어요.
가 어제 뭐 했어요?
나 영화를 보다가 울었어요.
가 어제 뭐 했어요?
나 숙제를 하다가 잠을 잤어요.
가 어제 뭐 했어요?
나 청소하다가 전화를 했어요.

가 어제 뭐 했어요?
나 음악을 듣다가 잤어요.
가 어제 뭐 했어요?
나 술을 마시다가 노래했어요.

**06**

**p. 108**
열어 주세요.
닫아 주세요.
만들어 주세요.
출발해 주세요.
들어 주세요.
입어 주세요.

더울 테니까
바쁠 테니까
청소할 테니까
차가 막힐 테니까
앉을 테니까
멀 테니까

**p. 110**
가 어디로 갈까요?
나 한국대학교로 가 주세요.
가 손님, 어디로 갈까요?
나 우리병원으로 가 주세요.
가 손님, 어디로 갈까요?
나 교보문고로 가 주세요.

**p. 111**
가 어디에 세워 드릴까요?
나 지하철역 근처에 세워 주세요.
가 손님, 어디에 세워 드릴까요?
나 주유소 앞에 세워 주세요.
가 손님, 어디에 세워 드릴까요?
나 횡단보도 근처에 세워 주세요.

p. 112~113
깎아 줄 테니까 또 오세요.
내일 추울 테니까 따뜻하게 입으세요.
케이크를 만들 테니까 선물을 사 오세요.
도와줄 테니까 걱정하지 마세요.
우산을 빌려줄 테니까 걱정하지 마세요.
빌려줄 테니까 사지 마세요.

## 07

p. 125
친구지요?/친구였지요?
선배지요?/선배였지요?
학생이지요?/학생이었지요?
선생님이지요?/선생님이었지요?

아프지요?/아팠지요?
무섭지요?/무서웠지요?
괜찮지요?/괜찮았지요?
쓸쓸하지요?/쓸쓸했지요?
힘들지요?/힘들었지요?
괴롭지요?/괴로웠지요?

p. 127
학교인데/학교였는데
휴일인데/휴일이었는데
주말인데/주말이었는데
시험인데/시험이었는데

p. 129
친구를 기다리는데/친구를 기다렸는데
커피를 마시는데/커피를 마셨는데
농구를 하는데/농구를 했는데
침대에 눕는데/침대에 누웠는데
꿈을 꾸는데/꿈을 꿨는데

학교가 먼데/학교가 멀었는데

날씨가 더운데/날씨가 더웠는데
영화가 재미있는데/영화가 재미있었는데
돈이 없는데/돈이 없었는데
조용한데/조용했는데

p. 130~131
가 퍼디 씨의 아버지지요?
나 네, 맞아요.
가 내일 시험이지요?
나 아니요, 수업이에요.
가 떡볶이가 맵지요?
나 네, 맞아요.
가 커피를 마시지요?
나 아니요, 차를 마셔요.

p. 132
가 내일은 휴일인데 뮤지컬을 보러 갈까요?
나 네, 좋아요. 뮤지컬을 보러 갑시다.
가 스테파니 씨, 오늘은 리리 씨의 생일인데
   파티할까요?
나 네, 좋아요. 파티합시다.
가 스테파니 씨, 다음 주는 시험인데 같이
   공부할까요?
나 네 좋아요. 같이 공부합시다.

p. 133~134
가 이번 주말에 여의도에 가는데 같이 갈까요?
나 같이 갑시다.
가 스테파니 씨, 내일 박물관에 가는데 같이 갈까요?
나 네, 좋아요. 같이 갑시다.
가 스테파니 씨, 오늘 바쁜데 내일 만날까요?
나 네, 좋아요. 내일 만납시다.
가 스테파니 씨, 내일 수업이 없는데 농구를 할까요?
나 네, 좋아요. 농구를 합시다.

p. 134~135
가 지난 주말에 뭐 하셨어요?
나 저는 지난 주말에 롯데월드에 갔는데

아주 즐거웠어요.
**가** 어제 뭐 하셨어요?
**나** 저는 어제 영화를 봤는데 너무 슬펐어요.
**가** 어제 뭐 하셨어요?
**나** 저는 어제 불고기를 먹었는데 아주 맛있었어요.

## 08

**p. 149**
커피를 마셔도 돼요?
술을 마셔도 돼요?
돼지고기를 먹어도 돼요?
담배를 피워도 돼요?
일해도 돼요?
수영해도 돼요?
사진을 찍어도 돼요?
만져도 돼요?
복도에서 뛰어도 돼요?
떠들어도 돼요?
앉아도 돼요?
누워도 돼요?
걸어도 돼요?

**p. 151**
커피를 마시면 안 돼요.
술을 마시면 안 돼요.
돼지고기를 먹으면 안 돼요.
테니스를 치면 안 돼요.
담배를 피우면 안 돼요.
일하면 안 돼요.
수영하면 안 돼요.
사진을 찍으면 안 돼요.
만지면 안 돼요.
떠들면 안 돼요.
앉으면 안 돼요.
누우면 안 돼요.
걸으면 안 돼요.

**p. 152~153**
**가** 아프세요?
**나** 머리가 아프고 열이 나요.
**가** 어디가 아프세요?
**나** 저는 재채기가 나고 콧물이 나요.
**가** 어디가 아프세요?
**나** 저는 메스껍고 토해요.
**가** 어디가 아프세요?
**나** 저는 배가 아프고 설사를 해요.
**가** 어디가 아프세요?
**나** 저는 기침이 나고 오한이 나요
**가** 어디가 아프세요?
**나** 저는 눈물이 나고 눈이 아파요.
**가** 어디가 아프세요?
**나** 저는 이가 아프고 피가 나요.

**p. 154~155**
**가** 담배를 피워도 돼요?
**나** 담배를 피워도 돼요.
**가** 리리 씨, 아이스크림을 먹어도 돼요?
**나** 네, 아이스크림을 먹어도 돼요.
**가** 리리 씨, 샤워해도 돼요?
**나** 네, 샤워해도 돼요.
**가** 리리 씨, 술을 마셔도 돼요?
**나** 네, 술을 마셔도 돼요.
**가** 리리 씨, 수영해도 돼요?
**나** 네, 수영해도 돼요.

**p. 156~157**
**가** 아이스크림을 먹어도 돼요?
**나** 아이스크림을 먹으면 안 돼요.
**가** 앙리 씨, 샤워해도 돼요?
**나** 아니요, 샤워하면 안 돼요.
**가** 앙리 씨, 돼지고기를 먹어도 돼요?
**나** 아니요, 돼지고기를 먹으면 안 돼요.
**가** 앙리 씨, TV를 봐도 돼요?
**나** 아니요, TV를 보면 안 돼요.
**가** 앙리 씨, 술을 마셔도 돼요?

**나** 아니요, 술을 마시면 안 돼요.

## p. 169
번지점프를 하러 가요.
삼계탕을 먹으러 가요.
수영하러 가요.
김치를 담그러 가요.
옷을 사러 가요.

음악을 들으러 가요.
맥주를 마시러 가요.
친구를 도우러 가요.
태권도를 배우러 가요.
책을 읽으러 가요.
공연을 보러 가요.

## p. 171
술을 마셔서
감기에 걸려서
늦잠을 자서
길이 막혀서
매워서
짧아서
주워서
길어서
걸어서
조용해서

## p. 172~173
**가** 어제 왜 축구를 안 했어요?
**나** 저는 어제 다리가 아파서 축구를 못 했어요.
**가** 오늘 왜 영화를 안 봤어요?
**나** 저는 오늘 숙제가 많아서 영화를 못 봤어요.
**가** 주말에 왜 롯데월드에 안 갔어요?
**나** 저는 주말에 바빠서 롯데월드에 못 갔어요.

**가** 어제 왜 수영을 안 했어요?
**나** 저는 어제 감기에 걸려서 수영을 못 했어요.
**가** 오늘 왜 밥을 안 먹었어요?
**나** 저는 오늘 배가 아파서 밥을 못 먹었어요.

## p. 174~175
**가** 어디에 가세요?
**나** 커피를 마시러 카페에 가요.
**가** 하즈키 씨, 어디에 가세요?
**나** 저는 검도하러 검도장에 가요.
**가** 하즈키 씨, 어디에 가세요?
**나** 저는 불고기를 먹으러 식당에 가요.
**가** 하즈키 씨, 어디에 가세요?
**나** 저는 스키를 타러 스키장에 가요.
**가** 하즈키 씨, 어디에 가세요?
**나** 저는 태권도를 하러 태권도장에 가요.

## p. 187
원피스를 입고 있다.
모자를 쓰고 있다.
구두를 신고 있다.
양말을 신고 있다.
넥타이를 매고 있다.

팔찌를 하고 있다.
장갑을 끼고 있다.
목걸이를 하고 있다.
안경을 쓰고 있다.
가방을 들고 있다.

## p. 189
잠을 자는 시간
마시는 커피
좋아하는 운동
못 먹는 음식

일어나는 시간
부산에 가는 버스
서 있는 사람
호떡을 파는 사람

p. 190~191
가 누구예요?
나 스테파니 씨는 파란 구두를 신고 있어요.
가 누구예요?
나 아마니 씨는 장갑을 끼고 있어요.
가 누구예요?
나 벤슨 씨는 줄무늬 셔츠를 입고 있어요.
가 누구예요?
나 준이치 씨는 큰 가방을 메고 있어요.
가 누구예요?
나 하즈키 씨는 빨간 모자를 쓰고 있어요.

p. 192~193
가 마시는
나 스테파니 씨가 마시는 커피는 카푸치노예요.
가 부르는 노래가 뭐예요?
나 벤슨 씨가 부르는 노래는 한국 노래예요.
가 기다리는 버스가 뭐예요?
나 하즈키 씨가 기다리는 버스는 8000번이에요.
가 보는 드라마가 뭐예요?
나 비비엔 씨가 보는 드라마는 〈아랑사또전〉이에요.
가 듣는 음악이 뭐예요?
나 앙리 씨가 듣는 음악은 K-POP이에요.
가 좋아하는 운동이 뭐예요?
나 아마니 씨가 좋아하는 운동은 골프예요.

p. 194~195
가 마시는
나 스테파니 씨가 마시는 커피는 뜨거워요.
가 보는 영화는 어때요?
나 비비엔 씨가 보는 영화는 슬퍼요.
가 다니는 학교는 어때요?
나 아마니 씨가 다니는 학교는 멀어요.

가 만나는 친구는 어때요?
나 요나단 씨가 만나는 친구는 예뻐요.
가 읽는 책은 어때요?
나 앙리 씨가 읽는 책은 어려워요.
가 먹는 김치찌개는 어때요?
나 퍼디 씨가 먹는 김치찌개는 매워요.

p. 205
좋아졌어요.
키가 커졌어요.
날씬해졌어요.
따뜻해졌어요.
작아졌어요.

적어졌어요.
나빠졌어요.
길어졌어요.
뚱뚱해졌어요.
추워졌어요.
바빠졌어요.
아름다워졌어요.

p. 207
길거리보다 소극장
주점보다 북카페

p. 209
영화를 볼 때/영화를 봤을 때
친구를 만날 때/친구를 만났을 때
기분이 나쁠 때/기분이 나빴을 때
시간이 많을 때/시간이 많았을 때
돈이 없을 때/돈이 없었을 때
고등학교에 다닐 때/고등학교에 다녔을 때
피자를 먹을 때/피자를 먹었을 때
여자 친구와 헤어질 때/여자 친구와 헤어졌을 때

남자 친구와 싸울 때/남자 친구와 싸웠을 때
수업을 할 때/수업을 했을 때
떡볶이가 매울 때/떡볶이가 매웠을 때
길을 걸을 때/길을 걸었을 때
꽃을 팔 때/꽃을 팔았을 때


**p. 210~211**

**가** 요즘 날씨가

**나** 요즘 날씨가 지난주보다 추워졌어요.

**가** 한국의 교통이 어때요?

**나** 한국의 교통이 5년 전보다 복잡해졌어요.

**가** 한국어 공부가 어때요?

**나** 한국어 공부가 초급보다 어려워졌어요.

**가** 지금 기분이 어때요?

**나** 지금 기분이 밤보다 좋아졌어요.

**가** 요즘 하즈키 씨가 어때요?

**나** 요즘 하즈키 씨가 한 달 전보다 날씬해졌어요.


**p. 212**

**가** 영화를 볼 때 보통 뭐 해요?

**나** 저는 영화를 볼 때 보통 팝콘을 먹어요.

**가** 피곤할 때 보통 뭐 해요?

**나** 저는 피곤할 때 보통 샤워해요.

**가** 기분이 좋을 때 보통 뭐 해요?

**나** 저는 기분이 좋을 때 보통 친구를 만나요.


**p. 213**

**가** 술을 마셨을 때 보통 뭐 했어요?

**나** 저는 술을 마셨을 때 보통 노래를 했어요.

**가** 기분이 나빴을 때 보통 뭐 했어요?

**나** 저는 기분이 나빴을 때 보통 맛있는 음식을
먹었어요.

**가** 친구를 만났을 때 보통 뭐 했어요?

**나** 저는 친구를 만났을 때 보통 영화를 봤어요.


## 12

**p. 225**

번지점프를 할 수 있어요./번지점프를 할 수 없어요.
삼계탕을 먹을 수 있어요./삼계탕을 먹을 수 없어요.
소주를 마실 수 있어요./소주를 마실 수 없어요.
기숙사에 살 수 있어요./기숙사에 살 수 없어요.
태권도를 할 수 있어요./태권도를 할 수 없어요.


**p. 227**

번지점프를 못 해요./번지점프를 안 해요.
삼계탕을 못 먹어요./삼계탕을 안 먹어요.
케이크를 못 만들어요./케이크를 안 만들어요.
매운 음식을 못 먹어요./매운 음식을 안 먹어요.
피아노를 못 쳐요./피아노를 안 쳐요.
소주를 못 마셔요./소주를 안 마셔요.
사진을 못 찍어요./사진을 안 찍어요.
운전 못 해요./운전 안 해요.
태권도를 못 해요./태권도를 안 해요.


**p. 228~229**

**가** 수영을 할 수 있어요?

**나** 네, 저는 수영을 할 수 있어요.

**가** 삼계탕을 먹을 수 있어요?

**나** 네, 저는 삼계탕을 먹을 수 있어요.

**가** 김치를 담글 수 있어요?

**나** 네, 저는 김치를 담글 수 있어요.

**가** 스키를 탈 수 있어요?

**나** 네, 저는 스키를 탈 수 있어요.

**가** 운전을 할 수 있어요?

**나** 네, 저는 운전을 할 수 있어요.


**p. 230~231**

**가** 운전을 할 수 있어요?

**나** 저는 운전을 못 해요.

**가** 소주를 마실 수 있어요?

**나** 아니요, 저는 소주를 못 마셔요.

가 피아노를 칠 수 있어요?
나 아니요, 저는 피아노를 못 쳐요.
가 바이킹을 탈 수 있어요?
나 아니요, 저는 바이킹을 못 타요.
가 불고기를 만들 수 있어요?
나 아니요, 저는 불고기를 못 만들어요.

ㄱ

# 색인 索引

## 기타

## 발음규칙

# 李準基課後鼓勵 原文及翻譯

**Opening**

여러분 안녕하세요 이준기에요.
이준기와 함께하는 안녕하세요 한국어1권 이어.
2권에서도 여러분 만나 뵙게 되었어요.
여러분 다시 만나 정말 반갑구요.
2권에서도 우리 같이 한국어 공부 재미 있게 봐요.
大家好，我是李準基。繼《跟李準基一起學習"你好！韓國語"》第一冊之後，第二冊也接著推出。很開心和大家再度見面，在第二冊讓我們一起學習有趣的韓國語。

**1.**

1과가 끝났어요. 여러분 어떠셨어요.
저랑 같이 공부 한국어 재미 있죠.
그럼 2과에서 만나요.
第一課結束了，各位覺得如何呢？和我一起學習很有趣吧！第二課見！

**2.**

2과에서 성격에 대해서 공부했는데 어떠셨어요.
제 성격이 어떠 냐구요? 물론 좋지요.
자, 3과에서 다시 만나요.
第二課是關於「性格」的學習，大家覺得如何。你問我的個性怎麼樣？當然是很好囉！來吧我們第三課見！

**3.**

3과는 방학동안 여행도 다니고 친구도 만나고 하는 이야기 였어요.
아우구, 저도 놀러 가고 싶다구요.
우리 같이 놀러 갈까요?
4과에서 만나요.
在第三課我們談到休假去旅行，跟朋友見面的話題。唉呼，我也好想去玩啊，我們要不要一起去玩呢？第四課見。

**4.**

4과는 자신이 하고싶은 것에 대한 이야기였어요.
저는 어렸을 때 부터 쭉 배우가 되고 싶었어요.
여러분은 어렸을 때 꿈이 무엇였나요?
저에게 들려 주세요.
그럼 5과에서 만나요.
第四課是關於自己想做什麼的話題。小時候我就一直希望當演員。大家小時候的夢想是什麼呢？請說給我聽聽。我們第五課見。

**5.**

5과에서는 교보문고 이야기가 나오네요.
저도 성점에 가서 많은 사람들 속에서 체도 구경하고 읽고싶은 체 사어 커피를 마시며 읽고 싶어요.
우리 6과에서 만나요.
第五課講到教保文庫耶。我也想去書店，在很多人之中瀏覽群書，然後買買書，一邊喝咖啡一邊看書。第六課見。

**6.**

여러분 한국에서 택시 이용하기를 배웠으니 이제 어디든 잘 찾아 다니실 수 있겠지요?
우리 한국에서 만나요.
7과로 이어집니다.
現在大家學過使用計程車的對話，到韓國時搭計程車到處跑應該都沒問題吧？
我們韓國見喔。接下來是第七課。

**7.**

여보세요. 7과에서는 전화 하기에 대해서 배웠어요.
이제 제가 여러분께 전화를 하면 잘 받을 수 있겠지요?
8과에서 만나요.
喂！在第七課我們學習電話對話，如果我打電話給各位，大家應該可以跟我在電話中應答如流吧。第八課見！

**8.**

8과에서는 병원 이용하기에 대해서 배웠어요.
아우구, 여러분 절대 아프시면 안 돼요.
평소에 건강 관리 잘 하시구요.
그래도 아프시다면 2권에서 배운대로 병원과 약국을 이용해 보세요.
그럼 9과에서 만나요.
第八課我們學會了關於在醫院的對話。
各位絕對不能生病，平常要好好管理自己的健康。
如果真的有什麼病痛，可以試試在第二冊學過的在醫院和藥局的對話。第九課見。

**9.**

여러분은 무엇을 좋아하고 무엇을 싫어하세요?
2권에서 배운 표현들을 잘 익혀 두었다가 무엇을 좋아하고 싫어하는지에 대해서 이야기를 해 봐요.
10과에서는 어떤 하국어를 배울지 기대되네요.
各位喜歡什麼？討厭什麼呢？大家可以熟記第二冊中學到的表現說法，試著表達自己喜歡什麼，討厭什麼。第十課會是什麼內容呢，好期待啊。

**10.**

10과에서는 친구 초대하기에 대한 이야기 였어요.
자, 기대하세요.
안녕하세요 한국어가 베스트 셀러가 되면 축하 파티에 여러분을 초대할께요.
그 때 만나면 여러분이 어떤 모습을 하고 있는지 얘기해 주세요.
第十課是關於招待朋友的話題。來吧，敬請期待，如果《跟李準基一起學習"你好！韓國語"》成為暢銷書，我們就來舉辦慶功Party，到時大家會用什麼模樣出現呢？請說給我聽聽。

**11.**

고향은 생각만 해도 항상 흐뭇한 곳이죠.

여러분의 고향은 어떤 모습이에요?
저에게 들려 주세요.
이제 마지막 한 과를 남겨 놓고 있어요.
거의 다 왔으니 마지막까지 열심히 해요.
12과로 이어집니다.
只要想到故鄉，心中就感到溫暖。
各位的故鄉是什麼模樣呢，請說給我聽聽。
現在剩下最後一課了，讓我們努力學習到最後！
接著進入第十二課。

**12.**

와, 투명인간이 된다면 정말 재미 있겠지요.
우리도 같이 투명인간 놀이를 해 볼까요.
다음에 만나면 꼭 같이 해 봐요.
哇，成為隱形人真的滿酷的。我們 起成為隱形人看看吧。下次見面的話一定一起試試。

**Ending**

드디어 이준기와 함께하는 안녕하세요 한국어 2권 공부가 끝났어요.
여러분 어떠셨어요? 저와 함께 공부하니까 재미있죠.
2권에 나온 한국어 표현만 다 익혀도 한국어로 웬만한 의사 소통은 다 되실 거예요.
하지만 한국어 공부 3권도 아직 남아 있으니 여기서 멈추지 말고 저와 함께 끝까지 공부 해요.
3권에서 다시 만나요.
여러분 안녕~
終於《跟李準基一起學習"你好！韓國語"》第二冊學習結束了。
各位覺得如何呢？和我一起學習很有趣吧！第二冊出現的韓國語表現，都熟記的話，大家到韓國就差不多能溝通了。
雖然第三冊現在還未出版，但是大家不能停下來喔，要跟我一起學到最後。
我們第三冊見。
各位~再見~
(完)

國家圖書館出版品預行編目

跟李準基一起學習 "你好！韓國語" ②／劉素瑛 編著；
左昭 譯 . -- 初版 . -- 臺北市：大田，2017.03
面；　公分 . --（Restart；9）
ISBN: 978-986-179-477-8（平裝）

1. 韓語　　2. 讀本

803.28　　　　　　　　　　　　　　　105025207

**Restart 009**

# 跟李準基一起學習 "你好！韓國語" ②

劉素瑛◎編著　左昭◎譯
特別參與製作◎李準基(演員)

出版者：大田出版有限公司
台北市10445中山北路二段26巷2號2樓
E-mail：titan3@ms22.hinet.net　　http：//www.titan3.com.tw
編輯部專線：（02）25621383　傳真：（02）25818761
【如果您對本書或本出版公司有任何意見，歡迎來電】

總編輯：莊培園
副總編輯：蔡鳳儀　執行編輯：陳顗如
行銷企劃：古家瑄／董芸
初版：2017年3月1日　定價：450元

國際書碼：978-986-179-477-8　CIP：803.28/105025207